译文纪实

介護殺人
追いつめられた家族の告白

毎日新聞大阪社会部取材班

[日]每日新闻大阪社会部采访组 著　石雯雯 译

看护杀人

走投无路的家人的自白

上海译文出版社

前 言

　　悲伤、痛苦、愤怒、悔恨，这是弥漫在案发现场的气氛，也是当事人内心深处最真实的情感。

　　2014年10月，我在《每日新闻》大阪总部的社会部担任负责各类案件报道的编辑部主任。《每日新闻》当时首次推出了名为《悲欢记》的专栏，讲述受各类案件牵连的人们的心路历程，只在报道地方新闻的大阪版上连载。

　　有些案件即使并非重大新闻，其缘由也许亦能引发众多读者共鸣，使人感同身受地体会当事人的痛苦。带着这样的想法，专栏记者多次走访案发现场，拜访当事人及案件调查人员，力求还原案件细节。经过不懈的努力，当记者得以与当事人会面，直面他们流泪的脸庞、倾听他们诉说自己的痛苦时，心灵也为之深深震撼。

　　专栏一直持续到2016年3月，荣获"第23届坂田纪念新闻奖"（第一部门"独家新闻·策划报道"报纸部门），该奖项主要用以表彰关西地区的优秀新闻报道。根据专栏内容编辑整理的《现场的残影：记者笔下的"悲欢记"》（新风书房）一书也出版问世。

随着专栏的连载，发生了一件值得关注的事。专栏所报道的案件类型多种多样，有故意杀人、虐待儿童、交通事故、毒品等，在连载期间所报道的共计35起案件中，有4起与看护有关的悲剧。而这4起非特意报道的看护相关案件，却引发了空前的关注。

于2015年3月30日刊载的名为《灯之光》的案件便属其一。

2015年3月14日，白色情人节的傍晚，某咖啡厅老板（73岁）到一位熟客家去赠送曲奇饼。

该熟客是一位老妇人（80岁），在自家玄关见到老板后，便开始抱怨道："我儿子经常尿床。我现在年纪也大了，渐渐力不从心，到底该怎么办好呢？"由于老板店里还有客人，老妇人在接受了曲奇饼之后，便与之道别。

第二天上午9点左右，警方赶到位于大阪市旭区某妇人的家中。

在位于二楼的起居室内，该妇人的长子（54岁）被发现死于被褥上。其颈部有疑似被勒的痕迹。而站在尸体旁的妇人，当天就因故意杀人嫌疑被逮捕。

该妇人于当天早晨向住在别处的长女打电话，坦白了自己的罪行。

据大阪府旭区警署知情人士描述，该妇人与无法行走且有智力残疾的长子共同生活。妇人的丈夫约十年前入住某护理机构，并接受看护至今。妇人独自一人照料长子的生活起居、操持家务，还要为身在护理机构的丈夫送去换洗衣物。

长子在福利机构的工厂上班。每天早晨7点，妇人都会在路边静静目送儿子远去的身影。

到了晚上，儿子就挨在妇人身边憨甜入睡。妇人悉心地照料、陪伴着儿子。即使外出参加老人会的活动，也时常因为担心儿子，不多久就匆匆赶回家。

妇人曾苦笑着对邻居说道："无论如何都放心不下我的儿子啊。"

妇人每天努力地操持家务，把家中打扫得干净整洁。

然而随着年龄的增长，妇人的身体不再硬朗，承担这般繁重的劳作也变得愈发吃力。于是她便萌生了把儿子送去护理机构的想法。

根据护理机构工作人员所述，妇人经区政府介绍曾前来咨询。当时她这般介绍自己的情况："我的体力已经支撑不下去了。我这把年纪，也不知何时走到尽头。我不在了的话我儿子该怎么办呢？"

护理机构随即开始着手做各项准备工作，然而最终还是晚了一步。

妇人每周有两天会光顾附近的咖啡厅，点上一杯咖啡，休息放松片刻。

每年的情人节这天，她都会带着小小的巧克力来到店里，向平时帮忙更换灯泡、搬动家具的老板表示感谢。

今年也是如此。然而进入3月后却未见妇人再度光顾，因此老板便在白色情人节这天带着作为回礼的曲奇饼，上门拜访了她。

咖啡厅打烊后，独自走着夜路回家的老板，总能看到从妇人家中透出的点点灯光，让他的心灵归于平静。

"当时如果能耐心地听她倾诉的话就好了啊……"

然而，那温暖人心的点点亮光已经再也看不到了。老板抑制不住自己的悲伤，掩面痛哭。

对该案件进行报道的时候，在延续《悲欢记》专栏的同时，《每日新闻》正致力于策划另一项深入报道特定主题的项目。

作为社会部机动记者的涉江千春、向畑泰司，这两名骨干记者被任命为新项目采访组的成员。他们不负责记者俱乐部①的相关工作，而是跟踪报道各类事件。

我曾任负责大阪府警方相关新闻报道的首席记者，当时两人都是我的直属部下。继生活安全及交通课后，涉江转而负责搜查二课的采访工作，搜查二课主要分管贪污、渎职案件。而向畑则负责搜查一课的采访工作，对故意杀人、抢劫等恶性案件进行取材。

哪怕是双休日，涉江与向畑也夜以继日、孜孜不倦地追踪着各类案件。在采访调查过程中，他们不仅经历了对身心的严峻考验，同时也掌握了作为记者应有的能力。

为顺利推进该项目的开展，对取材也做出了一定的要求。首先，需对活在当下的市井百姓所遇到的问题进行报

---

① 日本记者俱乐部是日本记者联谊性机构。1969 年 11 月 1 日正式成立。该俱乐部的宗旨是：多渠道、多角度接触新闻源，密切报道机关的相互交流，促进记者报道活动，增强新闻报道的社会机能，弘扬新闻伦理。联合国秘书长、美国总统均到俱乐部做过演讲，日本天皇也曾在此会见记者。日本记者俱乐部已成为记者联谊、采访的重要活动场所。［本书脚注皆为译注］

道。其次，对默默地生活在社会一隅，与身边的人也不多做交流的人们进行采访。

第二点尤为重要。因为正是那些被当事人埋藏在心底的故事，才更能阐明事情的本质。作为记者而言，若采访的要求被拒绝就立刻放弃，那就永远寻觅不到真相。若希望自己所报道的故事能震撼更多人的心灵，即使前路再多困难险阻，也不会想着变换方向，而应当不畏艰险、勇往直前。

那是3月末的一个午后。在位于大阪市北区梅田的《每日新闻》大阪总部大厦内，一楼的咖啡厅和往常一样，上班族络绎不绝，热闹非常。我有时会与人相约在此处见面，此时，我正坐在角落，点了一杯咖啡，向畑与我面对面坐。

"现在全国各地都发生了看护杀人案件呢。能否以此为主题，像《悲欢记》那样对真实案件追踪采访，并对家庭看护问题进行探讨，你觉得这样的策划如何？"

《悲欢记》所报道的案件中，看护问题所引发的悲剧在读者中引发了最强烈的反响，收到了最多的感想、意见等反馈。看护问题这一与家庭生活密切相关的话题，是每个人都不得不直面的现实问题，读者对这一主题表示了空前的关注。

日本的老龄化正在逐步深化，且越来越多的人提早过上了接受看护的生活，其中不乏相当年轻的人群。随着医学的发展，个体寿命得以延长，然而其需要家人看护的时间也随之增加。

也许正是受当下这一时代特征影响，由疲于看护导致的故意杀人及共同自杀案件屡见不鲜。若再次回顾《悲欢记》中所报道的看护杀人案件，不难发现，与看护及福利相关的政策缺乏是导致悲剧发生的原因之一。

我对向畑的提案并无异议。但是我提出了一个条件：

"对看护杀人案件的加害者进行采访吧。他们的内心独白能引起更多人的关注，并且一定能对解决看护社会的难题有所帮助。"

对一直以来不畏艰辛、无私照料着的家人痛下杀手的人们，他们究竟曾过着怎样的看护生活呢？我很想听他们敞开心扉地讲述与家人的过往故事，以及当下的所思所想。

此前，很少有媒体报道加害者们的内心想法，也正因此，通过展现他们的真实想法，也许能成为人们重新正视家庭看护这一现实问题的契机。即使是目前与看护毫无干系的人们，或许也能借此机会思考一下将来的看护生活或相距甚远的家人吧。

第二天，向畑完成了策划书，拟题《看护杀人的自白》。由此，我们将从一个全新的角度，对家庭看护相关案件进行报道。

然而，虽说想听一听看护杀人案件中加害者的想法，却一时想不到合适的案件。想要与案件嫌疑人自由对话的话，此人若已完成各项司法手续且已回归社会，便是再理想不过的。像《悲欢记》中所报道的刚发生没多久的案件，并不适合作为本次采访的对象。

看护杀人案件的嫌疑人被判处缓刑的情况并不少见。

故意杀人罪最高可判处死刑，量刑为5年以上至无期徒刑，然而根据实际情况减轻量刑，判处2年6个月至4年的情况也时常可见。

不同的案件情节严重程度不一，法庭也会将嫌疑人因看护而筋疲力尽、走投无路的过程、缘由、当时的心理状态、是否具备民事行为能力等因素纳入考虑范围，酌情予以减轻量刑。并且，在此类案件中，被害者家属同时也是嫌疑人家属。对于嫌疑人处罚的诉求并不强烈，这也成为了影响量刑的因素之一。

因此我们决定，在年代并不久远的案件中，筛选出一系列嫌疑人被判处缓刑或很有可能已出狱的案件。

首先，我们把时间确定在2010年至2014年的5年间，以过去的新闻报道为线索，整理出了看上去与看护相关的案件。将大阪作为取材的根据地，首先选取当地发生的案件，同时也一并选取在近畿圈①及首都圈②内发生的案件。

此外，还有一件注意事项。警方在案发当时怀疑是看护杀人事件，但在随后的调查过程中却推翻了判断，这种情况并不少见。有些报道中，根据警方在案发后的初步判断，将案件描述为看护杀人，而实际情况是嫌疑人几乎没有看护过被害人，作案动机是金钱纠纷等。

我们以收集所得的庭审记录、新闻资料，以及对办案警方的采访内容作为依据，将经确认是由看护疲劳导致的

---

① 又称大阪都市圈，日本三大都市圈之一，中心城市是大阪。一般包括大阪府、京都府、兵库县、奈良县、滋贺县和和歌山县的部分城市。
② 又称东京都市圈或东京圈，日本三大都市圈之一，中心城市是东京。一般包括东京都、神奈川县、千叶县、埼玉县，因此又称为一都三县。

案件列为备选。

　　然而即使如此也并不能确保采访工作会顺利展开。由于案发地点大多是自家住宅，因此加害者在案发后也许不会继续住在原处了，大多数人可能都搬家了。我认为他们也不太会告知邻居搬去何处，因此要找到加害者的下落成了一件难题。

　　如何能听一听案件中的加害者讲述自己的罪行，成了采访过程中最棘手的一环。即使找到了加害者的下落，怎样才能让其倾诉自己的所思所想呢？至确认备选案件为止，这一问题始终困扰着我们。

　　2015年4月下旬，在被暖暖的春日阳光笼罩的大阪街头，身穿崭新西服的新进社员们的身影尤为显眼。那时候的我们，也许正踏入与这一派春意盎然的景象形成鲜明对比的世界，那里迷雾笼罩、视野受限——我们开始了对《看护杀人的自白》的采访。

每日新闻社"看护家族"采访组代表　前田幹夫

目　录

第一章　自白

深夜兜风的结局

　　时钟的指针嘀嘀嗒嗒地走着，已经过了凌晨 2 点。作为世界文化遗产闻名于世的姬路城静静矗立，在兵库县姬路市的市中心，白天人声鼎沸，现在也已一片寂静。

　　那是 2012 年，炎热的 8 月下旬。木村茂（75 岁，化名）正漫无目的地开着车，副驾驶位坐着他患有痴呆症的妻子幸子（71 岁，化名）。木村茂已经好几天没能睡上一个好觉了，此时头脑一片空白。记忆中与妻子一起开车兜风的场景，现在想来也只觉悲伤。

　　夜幕下的姬路城渐渐映入眼帘，在"平成大整修"开始动工后，现在的大天守被脚手架和临时屋棚所覆盖，平时如展翅白鹭般的飒爽英姿暂时被隐藏在了工棚之下。车开过了姬路港，展现在眼前的便是被无尽的黑暗所吞噬的、一望无际的大海。

　　木村茂手握着方向盘，侧目看了一眼副驾驶座上的幸子，只见她正躺卧在座椅上，闭眼打着盹。

已经开了多久的夜路了呢？木村茂心里想着。他已经非常疲劳了，于是慢慢地踩下了刹车。车静静地停在路边，然而没过多久，幸子醒来了，不由分说地怒吼道：

"快走！你在干什么？！"

茂一言不发，默默地踩上了油门。

如此这般的深夜兜风是从一个多月以前开始的，患上痴呆症的幸子变得与从前判若两人，总是大声嚷嚷着："带我出门兜风吧！"自那时以来几乎每晚都会外出。

回到家时，往往天已蒙蒙亮了。

8月22日。和往常一样，半夜零点过后，幸子醒了。茂陪着幸子去上厕所，随后给她吃了处方安眠药。

这时幸子总会嘟囔着"睡不着呢"，像孩子一样撒着娇。幸子躺在床上，茂轻轻地拍着她的后背，想要哄她入睡，然而对幸子来说却并非易事。

片刻过后，好不容易传来了幸子沉沉的呼吸声，然而仅仅又过了十分钟左右，幸子又突然睁开眼。她总是这样，睡着一小会儿，便又立刻清醒。这天晚上，也如此这般重复了六七次。

但是，不知为何，那天晚上幸子并没有提出要外出兜风，而是每次醒来便用意义不明的粗言秽语对茂进行谩骂，激烈程度甚于往常："你这样的东西还是快滚吧！""你这家伙到底是谁啊？"

凌晨2点左右。往常的这时候，茂正带着幸子兜风。而此时，躺在床上的幸子正像鬼一样怒目圆睁，瞪视着自己的丈夫。无论茂如何安慰都无济于事。

也许妻子真的彻底疯狂了吧？还是，她从心底恨着自己呢？茂这般想着。

当时正是闷热难眠的夏夜，幸子的脖子上围着包了制冷材料的毛巾用以降温。茂冲动之下，抓起毛巾的两头交叉起来，紧紧地勒住了妻子的脖子。

"不能勒啊、不能勒啊……"

这句话像咒语一样在茂的脑海不断重复。但是，他却并没有松手。茂感觉到眼泪正顺着自己的脸颊流下，随即却加大了手上的力道。

不知过了多久。等茂冷静下来的时候，发现幸子闭着眼，已一动不动。

茂把眼前的安眠药瓶打开，一粒一粒地将药片放到自己的手心上，就这么放了数十粒。紧接着他把手心里的药片一股脑都塞进嘴里，然后拿起桌上的烧酒瓶，直接将烧酒灌入口中。

"就这样结束吧。我也到另一个世界去吧。"

第二天上午8点半。护理机构的工作人员来到木村家拜访。

幸子当时正在接受护理保险服务之一的日间护理（日托护理）服务。每周有5天，幸子都会去附近的护理机构，在那里吃饭、接受健康检查、参与娱乐活动。

来到木村家中的工作人员正是来接幸子前去日间护理的，然而与往常不同的是，无论他怎么按门铃，都没人应门。

对于具有看护需求的家庭来说，通常会安排一名看护援助专员负责与其沟通，制定护理服务方案。负责木村家的专员是一名年过七旬的女性，名叫白石早苗（化名）。工作人员随即打电话给白石，向她报告木村家的异样。

白石隐约感觉不妙，立刻拜访了木村家，仍然无人应答，白石遂联系了茂的儿子们。午后，住在附近的儿子赶到，用备用钥匙打开了父母的家门，终于发现了茂与幸子，现场一片凄惨。

幸子躺在床上，已无生命迹象。死因是颈部被勒导致的窒息。

茂倒在床边的地上，尚存一丝气息。于是茂立即被救护车送往医院，他因此捡回了一条命。

入院数小时后，茂恢复了意识。一开始还不知道自己为何在医院里，见到警察后，模糊的记忆渐渐清晰起来。

"只有自己活下来了。"当被告知幸子死亡的事实后，茂陷入了无尽的悔恨。

茂的病情并不严重，第二天便出院了，随即因故意杀人嫌疑被警方逮捕。戴上冰冷的手铐时，茂清醒地正视了现实。茂亲手夺去的，正是与自己相伴近半个世纪的妻子的性命。

"父亲对于杀死母亲（幸子）的记忆如同碎片一般。那天究竟发生了什么，他自己也不甚清楚。只是，那时的父亲心中有什么巨大的东西崩塌了。一切都为时已晚。"

2015年秋天，在案件发生3年后，我们对茂进行了采访，他沉重地向我们吐露了心声。

姬路市位于兵库县西南部，又被称为播州地区，人口约53万，居县内第二。

姬路市的沿海工业带拥有钢铁厂等工业设施，因此形成了包括周边的自治区在内的姬路都市圈。1996年，姬路市首次在全国范围内实现了向核心城市的转型，拥有了相当于政令指定都市①的权限。

姬路城是姬路市的地标性建筑，据称是在镰仓幕府灭亡后的1333年（元弘三年）开始动工修建的，后由江户时代初期的武将池田辉政于1609年（庆长十四年）建成现今的大天守，向世人展现着其宏壮的气势。

对姬路城的修缮工作共历时6年，被称为"平成大整修"，于2015年春天正式完工。

8月17日，在"平成大整修"完工约5个月后，我们首次拜访了木村茂的家。

那天的姬路市上空云层密布，整个城市笼罩在潮湿闷热的酷暑之中。上午11点左右，我们乘坐的列车到达了JR姬路站，在站内就能远远地望到姬路城的状貌，这座被称为白鹭城的古城率先向我们展现了其秀美的气韵。此时的姬路站内一派熙熙攘攘的景象，众多的游客和回乡探亲的人们络绎不绝。

---

① 政令指定都市是日本的一种行政区制。当一个都市人口超过50万（目前受认定者实际多为人口超过100万的城市），并且在经济和工业运作上具有高度重要性时，即可被认定为日本的"指定都市"。政令指定都市享有一定程度的自治权，但原则上仍隶属于上级道、府、县的管辖。

出站后，我们坐上了开往郊外的公车。等候坐车的人在姬路站外的公交换乘点排起了长长的队伍，其中有购物归来的老妇人，还有正在放暑假的中学生，似乎正要去参加社团活动。不多久，载满了乘客的公车缓缓地出发了。

公车一路前行，在行驶了约30分钟后，我们终于到站了。公交站位于一条途经居民区的国道旁。

因为快要到终点站了，车内几乎没什么乘客。只见国道沿途有银行网点、超市等便民设施，过往的车辆川流不息。

从国道拐进一条岔路继续前行，鳞次栉比的多层住宅和年代久远的独栋住宅跃入眼帘，越往深处，越发远离方才的喧嚣。大约5分钟左右的路途中，牵着狗散步的老爷爷、提着购物袋的老奶奶，依次与我们擦肩而过。

自1950年代开始的经济高速增长期，至1990年代初的泡沫经济时代，随着住宅区开发的逐步推进，促成了这片郊外居民区的落成。过去，只要一到学校放暑假的时候，街上一定到处都回响着孩子们玩耍嬉闹的声音吧。

然而我们到访的时候，整条街上只能看到老人们缓慢行走的身影。在这一带，因为家庭看护的烦恼而寻求援助，苦苦挣扎着的家庭应该不在少数吧。边想边继续前行，不一会儿就看见了我们所要找的公寓楼。

这是一幢只有约40户人家的小型公寓楼，建成至今已有约40年的光景了。每户的平均面积大约60平方米。一位老妇人正拿着扫帚清扫着露天停车场的空地。

停车场停着一辆大阪牌照的车，从后座下来了一男一女，是两个小学生模样的孩子。也许这家人是因盂兰盆节返乡探亲的吧。

在这儿长大的孩子早已成家立业，去往他处，如今只剩下上了年纪的父辈静静地在此生活。褪了色的奶白色外墙，斑斑裂纹随处可见，尤为刺眼。

公寓楼的入口处没有安装自动锁，任何人都可以随意进出。公寓也没有安装电梯，我们只能顺着楼梯一层层往上爬。

终于来到了我们要找的住户门前。只见门边贴着一块生锈的铁制名牌，上面清楚地写着"木村茂"字样。我们按下了名牌边的门铃。

"来了。"

随即便听到屋内传来男子的应门声。伴随着一阵由远及近的脚步声。

"请问是哪位？"

屋里的男子边说着，边将门微微打开。从缝隙中，我们看到了一位身材矮小的老人，只见老人一头银白短发，身穿着短裤，脸上的表情很柔和。

这位老人就是杀害了妻子的木村茂吗？虽说是看护杀人，但毕竟是夺走了他人性命，因故意杀人被判有罪的人啊。我们原本担心木村茂可能会是一个凶残粗暴的人，此时稍稍地松了一口气。

"我们是《每日新闻》的记者。正在针对看护相关案件进行取材。"

话音刚落，老人的神情立刻变得凝重起来。

老人喃喃道："那件事早已结束了。"

随即只见房间内走出一名身穿T恤、牛仔裤，40岁左右的男子。从样貌看像是木村茂的儿子。

男子面露厌色，说道："我是他的亲属。我们拒绝接受采访。"

"只要占用一点点时间就可以了。"我们恳切地拜托他。

然而，这位貌似是老人儿子的男子说道："已经是过去的事了。很抱歉，我们拒绝接受采访。"随后二话不说，重重地关上了门。

在门被关上之前，只见那位也许是茂的老人，静静地垂着眼帘，若有所思的样子。根据我们的直觉，老人的表情并不像是从心底拒绝接受采访的样子，仿佛是有什么话想对我们说。

即使希望渺茫，我们还是决定以后再来拜访，寻求转机。

两天后，我们再次按下了木村茂家的门铃。那位老人如同之前一样，微微地打开了一条门缝，随后对我们说道："我拒绝接受采访。"

因为缝隙太小，我们不能很清楚地看到老人的脸，但他的语气听起来异常坚定。也许还是操之过急了吧。我们决定过一段时间再来拜访。

距离上次拜访大约两周后的9月4日这一天，下午4点左右，我们再一次来到了木村茂的家门前。而这次按下门铃后却无人应门。不知是家中无人还是装作不在家呢。我们一直等到太阳下山，也没能见到老人。

第二天是一个周六，约莫正午的光景，我们再次按响了木村茂家的门铃，不一会儿，门微微地打开了。似乎是茂开的门。然而他什么话也没说，作势便要关门。

"请听我们说……"

"我没什么话可说的。"

"没关系，就请听一听我们的想法好吗？"

"不用了。"

扔下这最后一句话，老人把门牢牢地关上了。老人的话里带着不容置疑的严肃口吻。也许是被我们的多次拜访惹恼了吧。

我们迈着沉重的步伐走下楼梯。离开公寓楼之前，我们在名片背面用小小的字写下了想对老人说的话，随后把名片塞进了一楼的邮箱。

"多次打扰您，真的很抱歉。我们正在对不断发生的看护杀人案件进行采访。想借我们的报道为因看护而痛苦的人们提供帮助。请给我们一个与您交谈的机会。"

第二天，9月6日，在距JR大阪站不远处，位于梅田的《每日新闻》大阪总部内，我们正聚在一起商讨项目的实施方案。

以看护杀人为主题的采访已开始近半年了，至今却未能与案件中的加害者进行深入的对话。

我们拜访了若干看护杀人的案发现场，然而多数人都已搬家，仅能确定极少数人的下落。即使找到了当事人，我们的采访请求也被相继拒绝了。

木村茂便是其中之一。但我们还是与他进行了短暂的交流。最初拜访时，他所流露出的欲言又止的神情令我们略感振奋，可他随后的态度却愈发强硬。

"老实说，我觉得采访的难度很大。"

"只能依靠最初的直觉了。事已至此，我们只能每天去拜访当事者，试试能不能争取到采访机会了。"

暑假也没有休息，全身心扑在采访上的我们，眼见着仍毫无进展，不由得渐渐焦躁起来。

然而我们深知，以看护杀人为主题，若想要写出深入读者内心的报道，对当事人的采访是绝对不可或缺的前提。若采访无法进行，那么这次策划的项目也只能付诸东流，我们做好了这般觉悟。

那天下午1点左右。

我的手机铃声响了起来。屏幕上显示的是陌生的外市号码。

按下接听键，一名男性的声音传来。"你好，我是来自姬路市的民生委员①。听说你们多次拜访了木村茂先生的家。"

电话中的男子表示自己负责的正是茂所居住的地区。一听到这话，我以为这通电话的目的是为了表达对我们频繁拜访的不满，于是心里开始寻思起如何才能平息事态。然而，事实证明是我多虑了。

"事情是这样的，木村先生与我商量是否该接受你们的采访。我想先向你们了解一下采访的主旨和内容。"

两天后，9月8日，我们来到了民生委员吉田孝司（69岁，化名）的家，此处距茂的公寓仅500米之远。我们向

---

① 在各市、区、村镇工作的社工，为当地居民提供生活咨询、援助，促进社会福利事业的开展。

其说明了采访的相关内容。

据悉，在案件发生后，出于对茂的担心，吉田每周都会去茂家拜访，关心其生活状况。

"我们住在附近的人，当时都没能帮到木村夫妇。案件对我们来说也是痛苦的回忆。应作为沉重的教训铭记于心。"

吉田先生说完，我们向其说明了策划案的初衷，以及对当事人进行采访的必要性。

——茂答应接受采访。几天后，吉田与我们取得了联系。

9月14日，一个炎热的秋日，对茂的采访正式开始了。

下午5点左右。采访地点在吉田家中，我们稍等片刻后，茂出现了。只见他身着米白色格子的polo衫、藏青色休闲裤，手里拿着一顶灰色鸭舌帽。

虽然之前我们与茂在他公寓门前打过数次照面，但再次看到我们，茂仍然露出了腼腆的微笑。

茂跪坐在和室的榻榻米上，轻轻啜饮一口桌上的凉大麦茶。

"我刚散步回来。"

茂笑容可掬地说道，只见他身上的polo衫背部有被汗水浸渍的痕迹。茂的表情柔和，完全想象不出他曾经杀过人。

"为祭奠妻子，我打算开始参拜巡礼①，散步就作为这一旅程的训练啦。"

---

① 前往各处寺庙、神社等宗教场所参拜。

我们询问了茂散步的频率、路线等，进而闲聊起来。随后我们得知，第一次拜访时碰巧遇见的男子正是茂回乡探亲的儿子。

正当汗流浃背之时，茂目光真挚地看着我们，说道：

"有什么想问的，请尽管问吧。"

对于作为记者的我们提出的任何问题，茂都没有一丝不耐烦，一字一句地耐心回答。他慢慢讲述着自己的成长道路、案发当天发生的事情，以及对妻子的思念。

木村茂于1937年（昭和十二年）出生在兵库县明石市，父亲是国有铁路的职工，茂是家中排行第四的儿子。战时，茂被疏散至兵库县佐用镇，他留在了那里，中学毕业后进入一家钟表店做学徒。

17岁时，茂来到了正从战后疮痍中慢慢恢复的姬路市，并在当地一家钟表店工作。

在茂27岁时的某一天，有个熟人带着一位女子到茂的店里，并介绍他们认识。这位比茂小3岁的女子便是他日后的妻子，幸子。"幸子是个本性善良、脾气温和的人啊。"茂随即便向幸子提出交往。

钟表店客人会将电影票作为礼物送给茂，于是茂经常带着幸子去姬路站前的电影院约会。

在相识约1年后，茂与幸子结婚了。结婚时买的是双人床，考虑到分床睡的话会影响夫妻关系，茂与幸子约定，未来的每一天都一起睡在这张双人床上。

婚后两人生了三个孩子，并且购置了现在居住的公寓。

随着经济高速增长期的到来，茂每天不知疲倦地辛勤工作。有时即使到家很晚了，茂还会继续修理熟人拿来的钟表。

"为了能让家人过上好的生活，我每天一心扑在工作上，忽视了对家人的照顾，家里的事完全交给孩子他妈打理。"

1998年，茂退休了。三个孩子也都已长大成人，独立生活。两个孩子离开了家乡，去往他乡，一个孩子住在姬路市市内。

幸子毫无怨言地将三个孩子养育成人，孩子们都很优秀。茂在心里暗暗发誓，退休后一定要带幸子去各处旅行，回报她这么多年的辛勤付出。

"我的退休金一共是一百万日元，我全部拿出来，买了一辆普通的三菱汽车，心想着以后能开着车去旅行了。买车、开自己的车对我们来说，都是人生头一回呢。"

茂与幸子一起去了淡路岛看激烈的旋流，去了兵库县丰冈市的出石吃美味的荞麦面。

那时候，茂第一次买了手机。当时买的是翻盖机，买来后立刻用手机给幸子拍了照片并设成桌面背景，照片上的幸子笑容腼腆却灿烂。

虽然每月有十几万日元的退休金，夫妇俩生活过得并不拮据，但为了能带着幸子一起快乐地旅行，茂在退休后开始干起了送报纸的活。

存下足够的钱后两人便会出发旅行。每两个月出门一次，去了北海道的知床、旭川，还有冲绳县的石垣岛等地。甚至去了中国、加拿大等外国旅行。在加拿大的尼亚加拉大瀑布，坐着船经过瀑布边时，互相看着被飞溅的水花湿透了身的彼此，茂与幸子哈哈大笑。

夫妇俩把旅行时拍的照片贴在自家客厅的墙壁上。随着旅行次数的增多，总能看到墙上贴着近十张照片，定格着属于茂与幸子的美好回忆。

两人共同期待着即将于2015年到来的金婚纪念日。

"我时常这么和孩子他妈说，把亲戚朋友聚集起来，盛大地庆祝吧。"

然而，这样美好的期待并没有持续多久。约莫是2009年的时候，在茂退休十余年后，幸子的举动出现了异常。

幸子有时会突然把家中的衣橱抽屉反复开合，还会把不用的熨斗拿出来。在打工的饭店，她连简单的点菜都会搞错。"店家对我提出不满了。"幸子和茂商量时如实道，茂闻言便让幸子辞了工作。

幸子每周会去两三次游泳俱乐部。一天，茂陪着她一起去，工作人员见到茂便在他耳边小声说道：

"您太太有时候连自己换泳衣都做不到，给其他客人带来麻烦了。"

"也许是上了年纪了吧。"——茂这么说服自己。完全没有想到幸子会得痴呆症。

2011年4月，幸子骑电瓶车时摔倒，造成左手骨折。幸子因此没法做家务了，茂开始照料她的生活起居。之后，幸子异常的言行举止一下子加剧了。

因为骨折正准备出门去医院的时候，茂发现幸子光着身子，只穿了下衣，便急急忙忙地带着她回屋里穿衣服。

两人一起在超市买东西时，幸子突然说道：

"我尿湿裤子了。"

"怎么会呢，竟然在超市里？"

"我也不知道呢，走着走着就尿湿了啊。"

幸子满脸悲伤地看着困惑不已的茂。

一定是哪里出现了问题。当年9月，茂带着幸子去医院拜访了痴呆症专家。

经医生确诊，幸子患上了痴呆症，且较为少见地并发帕金森病症状。

"'这种病是无法痊愈的。但是我们一起努力吧，争取让病程进展得缓慢一点。'听到医生这么说的时候，我觉得眼前一黑。但那时候，我的心头立刻涌现出了一种强烈的责任感，'只有我能守护孩子他妈了啊'。"

茂辞去了报纸配送的工作，一心一意地看护幸子。

他随即为幸子申请了护理保险服务，着手处理相关手续。首先幸子接受了护理及援助程度认定，以判定幸子需要接受何种程度的护理服务。

根据所需护理程度的不同，护理保险的给付额上限有所区别，所能享受的护理服务和护理方案也有相应变化。

负责对护理程度进行认定的是各自治体^①的护理认定审查会，主要由医疗及福利等方面的专家组成。所需护理的程度，由轻到重可分为"援助1级""援助2级"和"护理1

---

① 日本实行的是两级行政制，地方政府由跨区域的地方自治单位"都道府县"和基本的地方自治单位"市町村"两个层级构成。日本的自治体相当于中国的地方政府。

级"至"护理5级",共7个等级。

幸子被认定为"护理1级",即生活的一部分有护理必要。从护理的必要性而言,幸子的症状并没有达到非常严重的程度,她每天会去机构接受日间护理服务。

然而,在被确诊为痴呆症约半年后,幸子的症状逐渐恶化。

大约是2012年的春天,幸子仿佛变了一个人似的暴躁易怒起来。肚子饿的时候,她会对茂怒吼:"快给我准备吃的!"

渐渐地,幸子已无法独自洗澡、更衣了。更有甚者,也许是因为不知自己何时大小便,未能及时更换尿布的缘故,秽物时常从尿布中漏出,把房间弄得肮脏不堪。

4月,幸子再一次接受了护理程度认定,这次被判定为"护理4级",即几乎生活的所有方面都有护理必要,距离最初的认定仅过了不到半年的时间,幸子的护理程度就加重了3个等级。

正值万物葱翠的5月,最终,幸子已认不出茂了。

"你这家伙,是谁啊?"

"这里是哪里啊?"

"你这家伙真讨厌啊。"

幸子在家频频对茂恶语相向。

"那时候,我总是点头应承着,直到孩子他妈冷静下来为止,我一直轻轻揉着她的背安抚她,有时这一过程要持续几十分钟。"

过去,下班回家总是很疲劳,幸子会用她那包容的笑容治愈我的心灵，那样的幸子现在到哪里去了呢？在我眼前的这个人陌生不已，她究竟是谁呢……与和从前判若两人的幸子共度的每一天都仿佛巨大的石块，沉重地压在茂的心头。

"竟从孩子他妈口中说出'你这家伙'这样的话。她已经再也不是从前那个温柔的幸子了。活了一辈子，我从未有过比这更痛苦的经历。"

回忆起当时的心情，茂的神情痛苦，悲伤地哭了起来。

2012年的梅雨季节到了，自那以来，幸子的睡眠便成了问题，渐渐地已无法入睡了。有时半夜要醒好几次，醒来后便对茂大声斥责。幸子的主治医师开始为其开处方安眠药帮助睡眠也是从那时候开始的。然而随着时间的推移，处方药也渐渐不管用了。

"你们啊，半夜实在太吵了。"邻居们不禁抱怨。

幸子有便秘的毛病。一段时间没排便的话，茂会给她喝中药通便，然而有了便意后幸子却来不及赶到厕所，就把床铺和房间弄脏了。

为让幸子能及时上厕所，茂让她睡在离厕所近的房间。然而，因为房间在玄关旁，晚上幸子的声音很容易传到外面，影响邻居。

也许幸子也觉察到自己给邻居们带来的不便了吧，一天晚上，幸子喃喃道："我想到外面去。"

"于是我把她带到停车场，让孩子他妈坐上副驾驶位，那辆车是我们当时为了去旅行买的。幸子只要一坐上车，心情就会变好，还会打起瞌睡来呢。"

自那以后，便开始了每晚开车兜风的生活。

原先还能起效的安眠药渐渐地已对幸子起不到作用了，每到半夜幸子就会变得很兴奋，茂为了让她平静下来，除了带着她开车兜风以外别无他法。这样一来也能避免由于在家太吵闹而影响到邻居。

清晨，结束深夜兜风回到家后，茂便打开幸子枕边的CD播放器，给她播放《大象》《郁金香》之类的童谣。茂会像哄孩子入睡一般轻拍幸子的后背，此时幸子便露出安心的表情，沉沉入睡。

每周有5天，幸子会去机构接受日间护理服务。趁着幸子不在家的时间，茂便在家做些清洗工作，准备幸子的晚餐，忙完后喝上少许啤酒或烧酒，随后小睡个两三小时。

即便如此，每晚的深夜兜风仍然对茂的生活产生了巨大的影响。茂渐渐感觉身体沉重、疲乏无力，整个人倦怠萎靡。

7月末的一天，看护援助专员白石看到茂疲惫的表情，于心不忍，力劝茂暂且把幸子送到全托护理机构去，好让彼此的生活都走上正轨。

"'我要一直照料幸子直到最后一刻'，虽然我下了这样的决心，但是这次，连住得很远的孩子们也来说服我。而且因为看护，我已筋疲力尽，心想着，这一次就把幸子送到护理机构去试一试吧。"

8月，茂找到了姬路市内4所提供入住的护理保健机构，逐一递交了入住申请。然而，每所机构的入住费用都在每月10万日元左右。有些民营养老院或高级会所花费更是高达每月20万甚至30万日元，对于每月养老金只有十几万日元的茂来说，这样的开销是他负担不起的。

但是，所有机构给予茂的都是否定答复——"我们目前没有空床位。"

某机构的负责人如是向茂解释：

"我们这儿，目前有100号人在排队等着空床位。"

如果长期入住有难度的话，那么不妨试试几天或几周的短期入住？茂这样想着，决定试着申请短期入住服务。白石随后找到了几处符合条件的机构。

这一次得到的答复并不是没有床位。但是，一听说幸子会在半夜大声吵闹，所有机构都拒绝了她的申请。

"我好不容易下定决心要将幸子送入护理机构，结果，并没有人愿意接收孩子他妈啊。果然还是只有我能照顾幸子啊。无奈之际，我还是这样说服自己。"

虽然茂已感到身心俱疲、力不从心，但每到深夜，他还是坚持握着方向盘，带着幸子外出兜风。不久之后，悲剧便发生了。

只见照片上的茂与幸子紧挨着彼此，露出灿烂的笑容，背后是喷射着激烈水流的鱼尾狮像。照片摄于2007年，当时的茂与幸子正在新加坡旅行。

2013年2月4日，神户地方法院姬路分部的法庭正在审理该案件，木村茂因故意杀人罪被检方起诉，出庭接受审判。茂对自己所犯的罪行供认不讳，事实确凿无疑，因而审判的焦点集中在了量刑上。

负责为茂辩护的是两名由法庭指派的律师，辩护律师积极向法庭争取对茂的缓刑判决，真挚地向陪审员讲述茂与幸子曾经多么幸福地共同生活着，并通过显示器向法庭展示了他们在新加坡旅行时的照片。

当时负责为茂辩护的一名女性律师这么回忆道：

"那是在我从事律师工作第二、第三年的时候所负责的案件。我对当时的主任、我的律师前辈这么说道，总而言之尽力争取缓刑判决吧。那时候我抱着这样的想法，如此令人悲痛的案件绝对不能与一般的故意杀人案件一概而论，我至今还记得当时自己竭尽全力为案件辩护的样子。"

在第二天向被告人提问的环节中，茂讲述了自己对幸子的思念。

——对于将您的太太杀害一事，您是怎么想的？

"我想着我到底为什么会做出那样的事情呢？我做的事是无可挽回的，我的脑子里满是这样的想法。我很想要赔罪，想说一句，真的对不起。"

——现在再回忆过去，您觉得怎么做能够避免这起悲剧的发生呢？

"我应该尽早把妻子送到护理机构去的，这样的话就能避免悲剧的发生。"

——您的太太已经去世了，您现在每天都在想着什么呢？

"我每天都在想着我的妻子。没有一天不在想着。"

——生病后的幸子太太对您来说是怎样的存在呢？

"生病后的幸子就像三四岁的孩童，很可爱。"

——您曾经有过不想再照顾幸子太太的想法吗？

"一次都没有。"

——为什么犹豫着不愿送幸子太太去护理机构呢？

"我妻子心情好的时候，我们俩的日子过得真的很快乐。如果她去了护理机构，我们就不能经常见面，也不能一起生活了。"

——您曾经想过要永远和您太太在一起吗？

"是的。我一直是这么想的。"

——如果当时您太太的病情继续恶化，您还会继续照顾她吗？

"是的。我做好了准备，要一直照顾她直到生命的最后一刻。"

——今后您打算怎么继续生活下去呢？

"我未来的每一天都会想着我的妻子，我的幸子，直到我生命的尽头。"

2013年2月8日，神户地方法院姬路分部宣布对茂判处有期徒刑3年，缓刑5年（求刑为监禁5年）。判决认定该案件是由看护疲劳所引起的。

审判长这样解释道："被告的妻子几乎每天从深夜至清晨都无法入睡，被告坚持深夜带妻子外出兜风，全心全意地看护着妻子。被告无论是生理上还是心理上的疲劳都与日俱增。"

随即，又补充道："我们认为，被告对相伴40多年的妻子的重视和呵护之情自始至终都未曾动摇过。"

检方也未提出上诉，判决最终尘埃落定。

2016年7月，距离案发已过去近4年，当时为茂辩护的女性律师仍对茂的案件记忆犹新。

"木村先生是个传统保守又相当严谨的人，会面时他未曾流露过半句不满。但是我很担心，木村先生这样平静的表现会让陪审员产生误解，认为他并没有反省之意，从而产生不好的印象。因此，我给了木村先生一本笔记本，让他把对妻子的情感记在本子上。这样一来，他的心中便会充满对妻子的思念和怀恋。"

在被起诉之后，茂一直静静地待在姬路拘留支所的房间内，几乎每天都会在A4大小的笔记本上写下自己对幸子的思念之情。拟题《心之日记》。简记如下。

〈10月27日〉

——我很后悔，和你在一起的生活，明明是快乐的日子比较多，自己究竟为什么要杀了你呢？每天都在想，到底是为什么呢？为什么要结束你的生命？难道我已经丧失理智了吗？对不起。我很后悔。

〈10月28日〉

——请听我说。儿子对我说，我不能继续在从前的家里住下去了。可那是和你一起共同生活了40年的家啊，我们要永远一起生活在这个家里，你说呢？我想一直在那儿住下去。那里还有你留下的印迹，处处是你的影子，我想在那儿与你共度余生。

〈10月29日〉

——幸子，谢谢你把我们的孩子养育成人。我总是以工作为由逃避自己的责任。现在想来，你总是毫无怨言地为这个家付出。谢谢你，幸子。

〈11月29日〉

——今天早上，我做了个梦，梦里的我们正同枕共眠，相依相伴。想着睡在我身旁的你，正无比喜悦，突然听到了叮咚叮咚的声音，啊，原来是清晨叫早的报时声。多么幸福的梦境啊。好久不见了，幸子。是我亲手结束了你的生命，对不起，幸子。

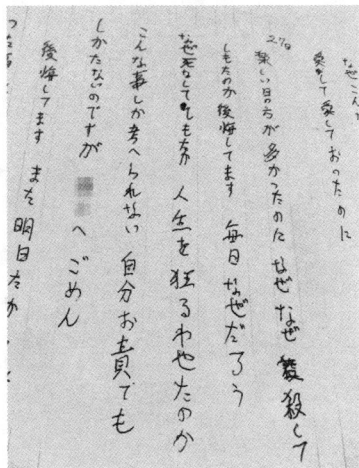

木村茂在拘留所期间写下的《心之日记》。字里行间无不述说着对幸子的谢罪之心和对案件的悔恨之情。

〈12月2日〉

——明天我似乎就能获得保释回家了。然而你却回不了家了，只有我这个杀人犯独自回家。幸子，对不起，对不起。

〈12月4日〉

——我并不是有意要杀你的。幸子，我这么这么爱你，那天为什么生出那样绝望的念头呢。我一直想着要好好照顾你，然而却做出那样的事。做出那样无法想象的事情，亲手结束了你的生命，我多么想与你共赴黄泉。对不起啊幸子，只有我独自活了下来。

杀害了妻子的茂的确罪孽深重，然而法庭以一纸缓刑

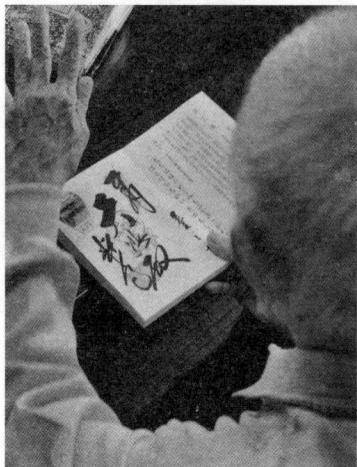

正在讲述案件经过的木村茂。其手中所持的是在祭奠幸子的参拜巡礼中所使用的经文本。（摄于2015年9月）

判决为这起悲惨的案件画上了一个温情的句点。原本恩爱有加的茂与幸子夫妇俩，却因这残酷的现实天人两隔，想必陪审员也为这一切动容吧。

"幸子，我夺走了你的生命，真的很对不起。请你安息吧。"

2015年9月16日　晌午，秋风渐起，这是茂第153次为幸子祈福。茂正行至西国巡礼①中的第24号名刹，位于兵库县宝冢市的中山寺，他双手合十，向幸子吐露心声。

茂已为幸子祈祷了153次。为祭奠幸子，茂正一直在四国八十八所②及西国三十三所③奔波，进行参拜巡礼。

在参拜巡礼的过程中，考虑到自己年事已高，茂有时也会心生退意，然而为了确认自己对幸子的感情，他仍然打算挑战自我。2013年3月，缓刑判决宣布后没多久，茂便开始了参拜巡礼。现在，茂正要开始第二轮巡礼。

"我也想过，这趟巡礼得在哪儿结束啊，我没法再继续

---

① 西国三十三所参拜巡礼。
② 位于日本四国地方，香川、德岛、高知、爱媛四县的88处宗教场所。
③ 以京都为中心的33处宗教场所。

了，但现在，我想为了孩子他妈坚持下去。"

住在远方的儿子曾邀茂前去与自己共住，但茂拒绝了，他现在仍住在曾是案发现场的自家公寓内。茂打算永远住在这里，因为这里是一直以来，自己和幸子一起生活的地方啊。

2015年12月2日，一个寒意正浓的冬日。为了对茂进行第三次采访，我们首次受邀来到了茂的家中。我们得知，房间仍保留着案发时的原样。

狭小的卧室面积只有4张榻榻米大小①，夫妇俩结婚时购置的双人床占据了卧室的大部分面积。茂与幸子结婚47年以来，一直在此相依共眠。而后，茂也是在这张床上，亲手结束了幸子的生命。现在的茂每晚仍继续睡在这里。

进入隔壁的起居室后，只见电视机旁摆放着一座高约2米、笔直如柱的古老落地钟。这也是夫妇俩结婚时购置的。嘀嗒、嘀嗒……落地钟长长的指针不停歇地走着，仿佛记录着茂与幸子共同走过的这几十年充满喜怒哀乐的人生轨迹。

墙上贴着几张夫妇俩旅行时拍的照片。照片上的两人笑容灿烂，幸福甜蜜。茂对我们说，这个家中充满着他与幸子的回忆，只要待在这里，便能感觉到幸子就在自己身边。

既然如此深爱着幸子，为什么要将她杀害呢？

"那时候的我，有种走投无路的感觉，精神几近崩溃。现在想来，当时应该有能够帮助我的人。但是，我却独自一人承受了所有的压力，根本没有时间考虑向他人求助。"

---

① 一张榻榻米大小约1.62平方米。

作为看护杀人案件加害者的茂，向我们毫无保留地吐露了自己的心声。即使遭到家人反对，茂还是鼓起勇气接受了我们的采访。最后，我们向他询问了做出这个选择的理由。

"看护这件事，越想努力做好越容易将自己逼入绝境。也许真的行之不易，但我希望人们看了我的故事后，能够不要再和我犯一样的错误。将我的经历与大众分享，也许能对他人有所帮助吧。"

夜晚，独自睡在双人床上的茂有时会突然醒来。那时候，深夜看护幸子时的一幕幕便无不清晰地在眼前浮现，两人一起的深夜兜风，在床上轻轻拍着幸子的背……

"我听到孩子他妈对我说：'你今后也要一直朝前看，好好地生活下去啊。'"

茂对此深信不疑，他下定决心，要连着幸子的那份一起，努力过好今后的每一天。

检察官不能体会我的痛苦

"当时的我，也许已经失去理智了吧。"

2015年9月15日下午，我们在大阪府某综合医院一楼的走廊里见到了山下澄子（69岁，化名），此刻她正坐在长椅上，向我们追述起8年前的今天所发生的事情。

2007年9月15日那天，也是在下午4点半左右，天色尚亮。

时年61岁的澄子在自家的褥垫上勒住丈夫武（65岁，

化名）的脖子，致其死亡。武患有脑梗塞和痴呆症，几年前开始澄子便在家对丈夫进行看护。

在痛苦的居家看护过程中，澄子渐渐地失去了自我，最终，对挚爱的家人痛下杀手，酿成惨剧。案发后，澄子被判处3年有期徒刑。我们推测，澄子目前已经出狱并且可能回到了原来的住所。于是，2015年8月31日上午11点左右，我们冒着焦炙的暑气，前去澄子的家拜访。

从遍布工厂及仓库的郊外主干道拐上一条岔道，大约走上150米的距离，一处建满长屋及独栋住宅的居民区映入眼帘。其中，一栋建构横窄纵深的木质二层住家便是我们的目的地，看起来房龄可能已有40年了，显得格外陈旧。门外虽没有名牌，但此处正是当时的案发现场。

按下门铃后，我们听到屋内传来了声响。随即只见玄关的拉门被稍稍打开，一位体型娇小、满头白发的老妇人从里屋探出了头。

"请问您是澄子女士吗？"

听闻我们向她打招呼，老妇人露出了讶异的表情。只见内里未饰粉刷的房间地上摆放着装涂料的瓶瓶罐罐。

"现在有许多人因家庭看护的问题而陷入困境，我们正对此进行取材，此次拜访是想听听您的经历。"

我们向来到玄关应门的澄子提出了采访的请求。

澄子闻言低声道："我儿子现在正在二楼。而且周围的邻居也来来往往的……"

于是我们提出，可以在外另找个地方进行采访，遂记下了澄子的手机号码。约一周后，我们照着号码打电话给澄子。

"那时候的事情，我光是回忆就感到很痛苦。"

一开始，澄子拒绝了我们的采访。

"我们想让更多人知道您的故事，会对他们有所帮助的。"

我们坚持道。也许是我们的初衷终于为澄子所理解了吧，她最终同意了我们的采访请求。

"我在看护时落下了腰痛的毛病，现在也定期去医院接受治疗，那么，我们就在医院见面吧。"

我们与澄子相约在她去医院的日子见面。那一天正好是武的忌日。

医院大厅熙熙攘攘地挤满了前来看病的患者和探视的亲友，在那里我们见到了澄子，只见她身穿素色风衣，格子长裤，手里推着用来装行李的手推车。

"这里有个可以讲话的地方。"澄子边说着边推着手推车，熟门熟路地带我们朝大厅深处走去。一路上经过了检查室等房间。

片刻后，我们来到了位于走廊一角的饮料自动贩卖机前，一旁有一条长椅。此处是个僻静的角落，与大厅周围的喧闹拥挤相反，这里几乎没什么人来往。偶尔会有护士推着带轮病床转运病人。

不知澄子是不是已经做好接受采访的准备，能为我们讲述过去的事情了吗？正想着，只见澄子从手提袋里取出一张传单纸，背面有用铅笔做的记录，随即她淡然地开始叙述起当时那日往夜来、任劳任怨的看护生活。

"我的丈夫从事的是涂装行业，过去生意红火，蒸蒸日上。但是，大约是2001年的时候吧，因为经济不景气，工作一下子减少了。丈夫因而沉溺酒精，一蹶不振。"

没有工作的时候，武就会外出溜达，在自家附近的自动贩卖机买上一些简易杯装酒，然后一饮而尽。有时武会喝得烂醉如泥，直接躺在路上睡得不省人事。每当这种时候，澄子总会去接丈夫回家。

不久后，大约是案发两年前，武得了脑梗塞。在接受治疗后，武仍然落下了左侧肢体偏瘫的后遗症。那之后没多久，武又变得愈发健忘，遂被确诊为痴呆症。就这样，澄子开始了在家看护丈夫的生活。

虽说武并非卧床不起，但大部分饮食起居都需要澄子在旁辅助才能进行，如上厕所、洗澡等每日必须完成的事项。到了2007年，也就是案发的这一年，武每天要去几十次厕所。

深夜的时候，武也会嘴里叫着"喂"，作为让澄子带他去上厕所的信号，澄子因此一晚上要起来好多次。

身高不足1.5米的澄子艰难地支撑着身高约1.7米的武，蹒跚地来往于卫生间与卧室。

武患有糖尿病，因此在饮食上有诸多限制。吃什么、吃多少，都有讲究。

"武经常会在半夜大声叫嚷着：'给我吃点东西！'但是，不能随便给他吃东西啊，我也就只能对他的要求置之不理了。然而，武会因此一直不停叫唤，直到天亮。"

每周有3天，从早上到下午4点，武会去护理机构接受

日间护理服务。除此之外，澄子都在家片刻不离地看护着
丈夫。

因为住院和治疗产生的费用不菲，家里的存款很快
见底了，甚至还背上了债务，连要交给护理机构的钱都没
有了。

"当时的情况非常窘迫，我甚至已无暇睡觉。"

案发当日，2007年9月15日，星期六。午后，在曾作
为涂装业仓库使用的小屋内，武正用步行器慢慢行走，不
料不慎摔倒。

"好疼啊，好疼啊……"

武像个年幼的孩子一样不停地叫嚷着。澄子生拉硬拽
地把武带回铺着榻榻米的卧室，好不容易才让他睡上褥垫。

武仍然不住地叫唤着："好疼啊，好疼啊……"

"丈夫曾经是涂装业的老板啊。然而现在却变成了这般
模样……看着武像个孩子般叫唤着的样子，我心生怜悯又
觉悲哀，只听心里有个声音在对我说，不如果断地让他解
脱吧。"

记得从前因身体状况不佳入院时，院方曾以"患者太
吵闹"为由，住院后不久就让丈夫出院。出于这个考虑，
当时也没想要带武去医院。

不知不觉间，澄子已将身边的毛巾执于手中。随即她
骑坐在趴卧着的武身上，用毛巾缠绕住武的脖子。澄子在
丈夫颈后将毛巾两端交叉，使出全身力量拉扯毛巾。

"对不起啊，对不起啊。"澄子在心中呼喊着。

只听武发出"呜……"的一声呻吟，便没了动静。察觉到丈夫已无气息，澄子稍稍缓了缓手上的力量。随后，澄子让武仰卧着，两手交叠于胸前，并用毛巾盖住了丈夫的脸。

"我在丈夫身边呆呆地坐了一会儿。然后我开始不停地在自家的一楼和二楼上上下下，漫无目的地来回徘徊，直到同住的儿子下班回家。"

年过而立的长男邦男（化名）一到家便察觉到有所异样，只听母亲向自己道歉，说着"对不起"。邦男一言不发，脸上隐隐地浮现出一丝悲伤的表情。

接到邦男的消息后，住在附近的长女三智子（化名）遂向警方报案。

澄子因故意杀人嫌疑被警方逮捕，据她供述，杀人动机是"想让丈夫和自己都得以解脱"。

"审讯室内，年轻的检察官听了我的供述，气愤地对我说：'除了杀人之外应该还有更好的解决方法吧！''您丝毫不了解我内心的痛苦。'我说完失声痛哭。"

澄子和武是经熟人介绍认识的。交往了一段时间后，两人于1970年（昭和四十五年）结婚。

武在涂装业的工作非常顺利。澄子在家做家庭主妇，养育两个孩子。

武每天下班到家都很晚了，无暇照顾家事陪伴家人，但他总会抽出时间，全家一起去旅行，这样的家庭旅行每年都会有好几次。有时一家人会和武雇用的员工一起，在武家乡的琵琶湖边快乐地露营。

邦男毕业后便在武的手下工作。那时孩子们都已长大成人，澄子有了更多的空闲时间，也开始为丈夫的工作打起下手。对于澄子来说，一家人能够聚在一起工作，是最快乐的事。

三智子结婚后生了一个女儿，武相当疼爱这个小外孙女。有时夫妇俩会带孩子去大阪市天王寺动物园游玩，回来的路上，一家人便围在一起吃铁锅炖（河豚炖锅）。虽然澄子和武有时也会吵架，但对于澄子而言，和丈夫在一起的时光，充满着幸福快乐的回忆。

"然而，这无比幸福的生活突然遇到了转折。由于涂装业工作骤减，丈夫沉迷酒精，一蹶不振，从此生活渐渐偏离正轨。"

患上痴呆症的武与过去判若两人，对曾经那般疼爱的小外孙女，有一次竟将电视遥控器扔了过去，嘴里喊着"你这家伙是谁啊"。

案发前不久，澄子曾向看护援助专员倾诉自己的苦恼。澄子道："我已经到极限了啊，怕是坚持不下去了。"对方是一名年轻男性，并没有及时给出回应。

"自己为什么会杀害丈夫呢，直到现在我也说不清楚。当时一刻不停地看护着丈夫，忙得连睡觉的时间都没有，自己一定是在这个过程中发生了什么改变吧。"

在医院寂静的角落里，澄子轻声低语着。

澄子至今仍居住在当年与武共同生活的家里，也是在那里，她亲手夺去了丈夫的性命。女儿三智子和已是高中生的外孙女常会来家中看望澄子，祖孙三人便围坐在一起吃晚饭，其乐融融。

澄子把一些贴在自家墙上的照片带来给我们看。只见照片上有年幼的外孙女站在生日蛋糕前腼腆害羞的样子，还有在塑料泳池内嬉闹玩耍的身影。每一张照片都是武在生前拍摄的。澄子小心翼翼地拿着这些照片，默默凝视着，不禁流下了眼泪。

"出狱后回到家时，外孙女这么说道：'曾经那么温柔的外公啊，为什么会得那样的病呢。'竟然会对外孙女动粗。"

在武的忌日这天，澄子接受完我们的采访回到家后，在龛座上摆上武生前最爱吃的萩饼，双手合十默默为丈夫祈祷。

对于澄子而言，生活或许不易，但她向我们展现的，仍是全心全意为家人着想的寻常老妇人的模样。

"如果当时有人能帮助你的话，是不是就不会发生那样的悲剧？"

最后，我们向澄子提出了这个问题。澄子闻言思考了片刻，答道："如果经济宽裕，能够顺利把丈夫送到医院或护理机构去的话，又或者如果有人愿意提供帮助的话，或许能够避免悲剧的发生。但是，谁都不可能轻而易举地帮忙承担看护的重担。最终，还是只有我一个人面对啊。其他的事我也无能为力啊。"

夕阳西下，为了保护腰部，澄子慢慢地推着手推车走上了回家的路。在火红的晚霞映照下，我们目送着澄子的

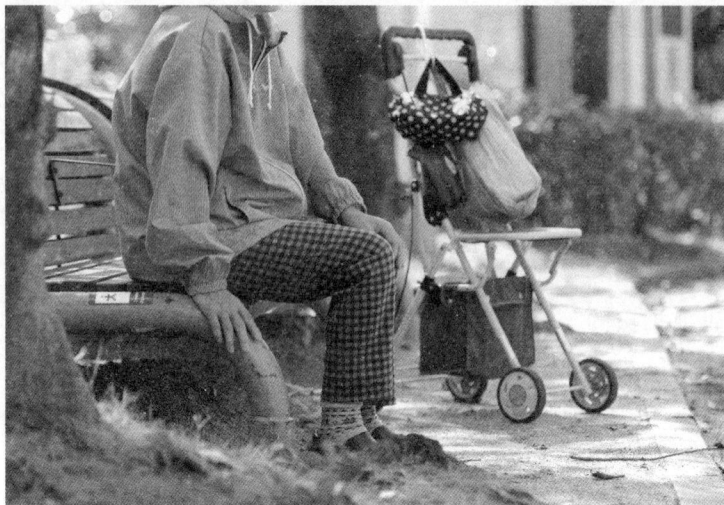

坐在公园长椅上的山下澄子。由于腰痛，她每次出门都要带着手推车以便行走。澄子表示，自己的身体状况好转的话，想去为丈夫扫墓。（摄于2015年10月）

身影渐行渐远。案发至今已过去8年，但案件所带来的伤痛也许仍未曾磨灭。

*

　　杀害了妻子的木村茂，以及夺去了丈夫性命的山下澄子，是不是特殊环境中所产生的"特例"呢？

　　听了两人的自白，我认为他们绝非特例。不如说，他们的故事所体现的，正是我国看护相关制度不完善这个不争的事实。

　　众多人正在直面家庭看护所带来的辛苦和烦恼，茂与澄子不过是将这所有的辛劳痛苦独自承担了而已。然而，也许正是因为缺乏寻求帮助的方法，他们才会独自面对一切，陷入孤立无援的境地吧。

其他看护杀人或共同自杀案件中，一定也隐藏着相似的问题。

我们对2010年至2014年的5年时间内，于首都圈一都三县①及近畿圈两府四县②范围内发生的看护杀人案件进行筛选，以能够确认审判记录，或能够向有关人士进行采访为标准，最终列出了共计44起案件，接着我们开始着手对案件背景、作案动机等进行分析。其中，也包括了茂的案件。

首先，我们将判决及审判记录、对律师及搜查相关人士的采访记录、现场及当事人周边的走访调查结果等，整理成电子文档。然而，由于数量庞大，全部整理完需要一定的时间。

2015年9月的某日深夜，我仍在大阪总部社会部工作，在电脑上反复阅读着审判记录等资料。突然，我注意到几个案件的资料中所共有的一个词语。

那就是加害者的"睡眠不足"。

于是，第二天开始，我们分头在这44起案件的判决文书等资料中寻找是否提及"睡眠不足"这一问题。结果显示，其中有20起，也就是近半数的案件（45%），法院在审判过程中认定了加害者在案发当时存在"睡眠不足"这

---

① 东京都、神奈川县、千叶县、埼玉县。
② 大阪府、京都府、兵库县、奈良县、滋贺县、和歌山县。

一情况。

许多加害者不仅在日间看护被害者，连夜间也不得休息，虽深感困扰却也不得办法，最终造成严重睡眠不足。

深夜，对平常人来说应当是深度睡眠的时间，为何此时还需要看护呢？

据熟悉看护情况的医生介绍，对于患有痴呆症或伴随疼痛病症的患者而言，不可能保持较长时间的睡眠，患者常并发入睡障碍或妄想等症状。有时患者会昼夜颠倒，出现半夜时分大声吵闹或频繁上厕所等情况。

我们所列出的案件中的许多加害者都曾看护着"无法入睡的家人"。结果是，看护者自身饱受慢性睡眠不足之苦，逐渐陷入身心俱疲的境遇。

在这20起案件中，有9起案件的加害者在案发当时接受了精神鉴定，被认定为处于抑郁状态或患有适应障碍。

对于我们的分析，一位精神科医生做了如下补充："严重的失眠情况若持续不断，很有可能演变成抑郁症。昼夜无休的看护会造成看护者严重睡眠不足，很有可能成为看护杀人案件的诱因。"

茂与澄子的故事并不是特例。茂过着连日深夜兜风的非正常生活，无法保证正常睡眠。澄子的丈夫整夜大声叫唤，也导致其无法入睡。

除了这20起案件之外，其余案件的资料中并未提及加害者是否存在睡眠不足情况。然而，在这44起案件中，经法院资料确认，共计35起（80%）案件主要由看护疲劳所引起。实际受睡眠不足之苦的加害者的比例可能更高。

我们此次策划的针对看护相关案件的专项报道，是业内首次对由看护疲劳引起的故意杀人或共同自杀案件进行横向分析①。虽然审判资料及相关人士的证言等存在一定的局限性，但根据我们的调查，部分看护者饱受睡眠不足之苦的事实逐渐明朗。

与虐待儿童案件不同的是，目前的看护杀人案件基本上不经由行政部门查证，只能经由司法程序对加害者进行惩罚或根据其身心情况令其住院。

由于检方与辩方对案件事实大多不存在异议，因此，作为司法程序核心的刑事审判环节，对看护杀人案件通常也采取泛泛的解决方式。此类案件还有一项特点，由于是家庭内部发生的案件，往往被害者遗属对被告的处罚诉求并不强烈。

法院对看护杀人案件的被告判处长期监禁的案例少之又少，更别说死刑或无期徒刑了。因此，类似于对加害者进行精神鉴定这样耗时耗财的环节，司法部门重视甚少。

然而，若加害者在案发当时的精神状态未经专家详细查证的话，就不能对案件背景进行充分的了解，也不能将其作为教训，以预防未来相似案件的发生。

我们认为，相关部门应对看护杀人案件加害者的精神鉴定予以重视，并深入调查看护生活对看护者身心带来的影响。承担护理行政职责的各自治体，也应对当地发生

---

① 横向分析指的是在某一时刻点上，对社会现象或事物"横截面"进行研究，探讨研究对象变化的趋势与规律，把握研究对象在一定时间范围内的基本结构状况及特征。

对44起看护杀人案件的分析（大阪每日新闻社会部取材组）

	地 域	加害者	被害者·主要病因	加害者的失眠情况	加害者是否抑郁	
	兵库	儿子（51）	母亲（85）·未知	—	—	
	兵库	儿子（48）	母亲（80）·痴呆症	—	—	
	奈良	女儿（42）	母亲（67）·未知	○	▲	
	东京	弟弟（66）	姐姐（78）·痴呆症	○	●	
	东京	儿子（52）	母亲（80）·痴呆症	○	—	
	东京	丈夫（71）	妻子（69）·精神分裂症	—	▲	
2010年	神奈川	丈夫（78）	妻子（72）·抑郁症	○	—	
	神奈川	丈夫（85）	妻子（79）·痴呆症	○	—	
	神奈川	姐姐（65）	弟弟（61）·精神分裂症	○	▲	
	埼玉	妻子（69）	丈夫（78）·全身瘫痪	—	—	
	埼玉	丈夫（67）	妻子（60）·精神分裂症	—	●	
	千叶	丈夫（77）	妻子（79）·痴呆症	○	—	
	千叶	丈夫（81）	妻子（78）·未知	—	—	
	大阪	妻子（74）	丈夫（75）·颈椎病	—	●	
	东京	儿子（63）	母亲（84）·痴呆症	—	—	
	神奈川	儿子（47）	父亲（78）·痴呆症	—	—	
2011年	神奈川	丈夫（85）	妻子（81）·痴呆症	—	—	
	神奈川	妻子（55）	丈夫（66）·未知	—	—	
	神奈川	父亲（67）	女儿（39）·精神分裂症	—	—	
	千叶	儿子（62）	母亲（89）·痴呆症	—	—	
	千叶	丈夫（87）	妻子（90）·痴呆症	—	—	
2012年	大阪	妻子（83）	丈夫（84）·膀胱癌	○	—	
	大阪	丈夫（66）	妻子（67）·风湿病	○	—	

加害者的看护状况及动机（根据法院裁定）

放弃工作全心全意看护家人，存款慢慢见底，萌生了与家人共同自杀的想法。

由于生活困难无法接受护理服务，对未来悲观。

母亲半夜里要叫好几次救护车，自己无法正常睡眠。

姐姐会在半夜做出点煤气灶之类不可理解的举动，导致自己夜不成眠。

母亲会在深夜不住叫唤，或是想吐痰等，感到筋疲力尽。

自己也患上了痴呆症，出于经济上的焦虑及看护疲劳，起了杀意。

妻子时常会边叫着"着火啦"边做一些异常举动，感到走投无路。

妻子在深夜不停地四处徘徊，感到身心俱疲。

弟弟有时会突然怒吼，还会做出其他暴力言行，导致失眠及适应障碍。

对照顾了36年的丈夫说"我已经不行了"，恳求他让自己杀了他。

看护期间自己也患上了腰痛和抑郁症，对未来感到悲观。

为了让妻子不在夜间四处徘徊，一直看护着妻子，长期无法正常睡眠。

因卧床不起的妻子症状不见好转而烦恼，并意识到看护的负担之重。

在看护左半身瘫痪的丈夫期间自己也得了腰痛的毛病，陷入抑郁状态。

自己的糖尿病恶化，还要照顾腰腿不便的妻子，陷入困扰。

看护影响了自己的工作，对未来感到悲观。

看到精神错乱的妻子的种种行为，心疼又深感悲哀，遂决意将其杀害。

一边要看护因重病卧床的丈夫，一边还要工作，感到身心俱疲。

女儿生活无法自理，因而强迫其共同自杀。

因为支付母亲的住院费和治疗费造成生活贫困，因而强迫其共同自杀。

自己也因糖尿病被认定为需要接受护理，对看护妻子感到无能为力。

不分昼夜，每2小时就要为丈夫换一次尿布，长期无法正常睡眠。

看到妻子痛苦的样子，想让其解脱。

	地域	加害者	被害者·主要 病因	加害者 的失眠 情况	加害者 是否 抑郁	
2012年	大阪	丈夫（86）	妻子（84）·痴呆症	○	—	
	兵库	丈夫（75）	妻子（71）·痴呆症	○	—	
	兵库	丈夫（77）	妻子（73）·帕金森病	○	—	
	奈良	母亲（85）	女儿（62）·脑瘫	○	●	
	滋贺	母亲（73）	女儿（37）·自闭症	—	—	
	和歌山	丈夫（70）	妻子（66）·抑郁症	—	—	
	千叶	儿子（48）	母亲（83）·痴呆症	—	—	
2013年	大阪	母亲（57）	女儿（29）·疑难杂症	○	●	
	大阪	丈夫（80）	妻子（73）·痴呆症	○	●	
	滋贺	丈夫（83）	妻子（83）·痴呆症			
	东京	儿子（46）	母亲（69）·疑难杂症	—	●	
	东京	丈夫（79）	妻子（75）·抑郁症			
	神奈川	孙子（47）	祖父（96）·未知	—	●	
	神奈川	丈夫（76）	妻子（77）·痴呆症	○		
	神奈川	女儿（70）	母亲（98）·未知	○	●	
	神奈川	妻子（75）	丈夫（79）·痴呆症	—	—	
2014年	大阪	丈夫（85）	妻子（80）·未知	○	●	
	大阪	女儿（46）	母亲（63）·交通事故	○	●	
	兵库	丈夫（66）	妻子（64）·痴呆症	○	—	
	东京	母亲（72）	儿子（54）·痴呆症	—	—	
	神奈川	儿子（50）	母亲（77）·痴呆症	—	—	

※ 表中所列为案发时的年龄。
○ 有。 — 没有。
● 案发时被诊断为抑郁症或抑郁状态。
▲ 适应障碍等。

加害者的看护状况及动机（根据法院裁定）

自己罹患大肠癌，还要看护妻子，每晚妻子都要去好几次厕所。

因为看护几乎整晚不睡的妻子，日积月累疲惫不堪。

夜间要陪护家人去好几次厕所，因而睡眠不足，感到走投无路。

看护女儿整整40年，逐渐体力不支，睡眠不足，患上了抑郁症。

女儿的症状恶化，会做出粗暴的言行，对未来感到悲观。

妻子有时会把东西扔到地上，有时手脚乱摆，对这些异常举动感到苦恼。

母亲无法独立去厕所，连自己是谁都不知道，为母亲感到怜悯悲哀。

因片刻不离地看护女儿，自己患上了抑郁症，对女儿的将来感到悲观。

看到妻子的举止如孩童一般的样子，深受打击患上了抑郁症。

自己由于脑溢血而半边身体不听使唤，很难再继续看护妻子。

对于看护及开销问题等感到忧虑，患上了抑郁症。

自己承担了所有的家务，但因为妻子说"想要解脱"，遂与其共同自杀。

是家中的顶梁柱，一直照顾爷爷，但因看护疲劳而陷入了抑郁状态。

对妻子的深夜徘徊以及暴力言行感到身心俱疲。

为照顾母亲，自己睡眠不足、食欲不振，患上了抑郁症。

患上痴呆症的丈夫言行变得暴力，因看护丈夫感到精神压抑，内心痛苦。

不停歇的看护导致睡眠不足，最喜爱的报纸都提不起劲读，患上了抑郁症。

母亲因事故导致卧床不起，在看护母亲整整十年后，患上了抑郁症。

因为对看护及看护费用感到忧虑，持续夜不成眠，最终筋疲力尽。

儿子的大便经常会将房间弄得污浊不堪，为儿子感到绝望。

母亲有时会大便失禁，说出粗暴的言语，冲动之下将其杀害。

的看护杀人案件进行研究分析，并探讨未来的预防和应对措施。

总而言之，在庞大的案件资料中浮现的"睡眠不足"这一共通因素，体现了实际家庭看护中的严酷现实。

同时，我们也发现了另一件值得关注的事情。虽然看护者往往自认为已对看护生活习以为常，然而随着岁月流逝，看护者的身心逐渐被日积月累的疲劳所侵蚀，最终无可奈何地陷入痛苦无望的境遇。

长久以来全心全意照顾着家人的看护者，却最终变成了"杀人犯"，这样的案件背后究竟隐藏着什么不为人知的事实？我们对此进行了追踪调查。

第二章　前路未知的不安

长期看护，仿佛一条没有出口的隧道

2014年春天的一个晚上，花落后的樱树枝叶正随风摇曳，大阪府内一处围绕着小学而建的居民区同往常一样，此时已一片静谧安宁。然而，在一栋白色外墙、年代久远的小户二层住家中，此刻却正发生着什么不同寻常的事。

藤崎早苗（46岁，化名），无业。此时她正在家中一楼的房间内将数粒安眠药捣碎，溶于水杯里。

在一旁的看护床上躺着的是早苗的母亲真由子（63岁，化名），真由子的胃里连接着"胃造瘘"的管子，可将营养液直接导入。和静脉滴注的原理一般，将营养液注入上方吊置着的透明容器后，就能顺着管子进入真由子的体内。

早苗手握溶有安眠药的水杯，随即悄然将水倒入透明容器内。而后，自己也服用了安眠药。早苗心想，此后的疼痛想必剧烈异常，借着安眠药的药效，应该能稍许缓和一下吧。

早苗跪坐在真由子身边，凑近母亲的耳边轻语："我们一起解脱吧。"

真由子仿佛微微颔首，早苗向母亲说了声"对不起"。

不久之前，早苗已将手机扔进了自家附近的池塘里。这个边长50米左右的三角形池塘是为农田供水而建的，四周围着高约2米的铁丝网。自行车、轮胎等非法倾倒的大件垃圾浮现在浑浊的水面上。

早苗把手机扔进这如同无底沼泽般的池塘，可能是想由此将所有的人际关系、社会联系完全切断吧。

将手机扔进池塘后，早苗回到家中，仔细地将存折、印章及遗书置于厨房内的餐桌上。遗书是写给父亲浩二（64岁，化名）的，父亲当时因外出工作不在家。遗书内写着"我已到极限了""终于能和妈妈一起到天堂自在地生活了"等语句。

随后，那一时刻来临了。溶有安眠药的水正经由胃造瘘的管子进入真由子的体内。

早苗从厨房拿来了刺身刀（刀刃长约30厘米）和菜刀（刀刃长约20厘米）。——尽量不让母亲承受痛苦。早苗这样想着，最终选择了看起来更为锋利的刺身刀。

关了灯，室内一片漆黑，渐渐适应黑暗后，早苗看清了母亲的表情。她静静注视着母亲，头脑中不断涌现出与母亲在一起的快乐回忆。

早苗就这样手里拿着刀，一动不动地静站了约10分钟。晚上9点左右，早苗似是下定了决心。她手持刺身刀，尖端朝下，向真由子的左胸用力刺下，总共刺了4下。

随后，早苗靠近母亲，仰躺在床上。举起刀，朝自己的腹部扎下数次。

正在这时，住在附近的早苗的前男友木本诚（化名）穿着睡衣，开着车火速赶到了早苗家。木本稍早前打了早苗的手机却发现无法接通，便急忙赶来查看。

木本大约半年前与早苗重逢，当时早苗话语间流露出"想死"的念头，因而木本时常通过电话或短信与早苗联系，确认其是否平安无事。

此时家中一片黑暗。

"快开门！"木本在玄关大声叫道。

"好痛……我动不了。"黑暗中传来早苗的声音。木本立刻叫了救护车。

救护车赶到，木本和救护人员一起进入早苗的家中。躺在床上的早苗和真由子已浑身是血。

"到底发生了什么事啊……"木本的声音颤抖。此时早苗已意识模糊，毫无反应。

救护人员首先将真由子抱起，准备为其使用呼吸器。正在这时，早苗紧紧抓住真由子的手，竭尽全力地喊道："我要和母亲一起走！"

真由子被送往医院后确认死亡。其胸部和腹部共有4处刺伤，背后也有1处伤痕。然而，已卧床约12年半的真由子，身上却看不出有丝毫褥疮。

早苗的腹部有5处刺伤，伤情严重，但最终保住了性命。

*

本案中的加害者对母亲全身心的看护已持续10年有余，然而最终却落得这般悲惨的结局，巨大的落差令人唏嘘，这也成为了我们关注这起案件的理由。

普遍认为，经历长期看护生活的看护者已掌握看护的要领并逐渐形成习惯，不会再因看护导致痛苦绝望。

早苗案件的审判即将开始的时候，适值我们对看护杀人案件进行取材之时，此案遂引起了我们的关注。

为充分了解案件的详细经过及当事人的家庭状况，并听一听被告及家人亲述的证言，我们参与了庭审的旁听。当时的我们还抱着一种想法：无论如何，亲眼见到被告本人后，也许便能获得直接采访的机会了。

早苗因故意杀人罪被检方起诉，该案的首次公审于2015年6月19日上午10点在大阪地方法院堺支部进行。

审判当时，早苗已获得保释。故意杀人案件作为恶性犯罪，在法院审理之前被告就获保释的情况实属罕见。考虑到本案是看护杀人案件，结合案件的特殊性及早苗的心理状况，法院也许是酌情给予被告特别照顾吧。

早苗与父亲浩二由旁听者出入口走进了法庭。

只见早苗一头黑色短发，戴着银边眼镜，身穿藏青色衬衫及长裤。

眼前这个穿着朴素、表现平静的中年女子并无丝毫特别之处，给人感觉绝不是会犯罪的人，更别提做出杀害母亲这样的事了。父亲浩二刚刚步入老年，此时表情略显僵硬。

开庭前，早苗在辩护律师身边落座。旁听席最前排坐着浩二和亲属，以及新闻记者等参与报道的人员，分别仅有寥寥数人稀松入座。

当时，看护杀人案件并未引起社会广泛关注。听闻此案的人本就极少，更别说对审判予以关注了。此时共40座的旁听席有大半空着，也就不难理解了。

6名陪审员及3名法官入庭后，书记官喊出了"起立"的口令。在场人员全体起立，同陪审员等一道行礼后落座。

主审法官宣布开庭，随即道："请被告人上前。"早苗于是步入法庭正中央。只见她神色紧张，缓缓地在证人席前站定。

早苗向法庭陈述了自己的姓名和住址。她的声音细弱，如同蚊子一般。

检察官阅读了起诉书。随后，主审法官询问早苗对起诉书内容是否存在异议。

早苗用轻不可闻的声音回答道："没有异议。"

辩方律师认为，"被告由于看护疲劳患上了抑郁症等疾病"。虽然犯罪事实明确，但被告案发当时并不具备完全刑事责任能力，应予以缓刑判决。

关于上述内容，刑法作出了如下规定。案发当时，犯罪者处于精神失常状态，认定其不具备刑事责任能力，不予以刑罚。案发当时，犯罪者处于精神衰弱状态，认定其不具备完全刑事责任能力，酌情减轻刑罚。

精神失常指的是，由于精神疾病等，当事人失去判断是非的能力，且无法依据自己的判断力做出相应行为。精神衰弱指的是上述能力显著减弱。

辩方律师认为，早苗由于看护疲劳患上了抑郁症，案发当时处于精神衰弱的状态。

即便如此，对于40多岁的普通女性而言，人生之路还很漫长，为何早苗要将母亲杀害，并想与之共赴黄泉呢？

早苗究竟有着怎样的痛苦经历，会让她走上这样的绝路呢？

根据检方及辩方出示的证据及供述，以及法庭上案件相关人士所提供的证言，在我们眼前呈现的早苗的看护生活实可谓壮烈。

最初的悲剧可追溯至案发约12年半以前。

2001年10月19日早晨，真由子正骑着自行车行至自家附近的十字路口，不料遭到一辆由年轻女子驾驶的汽车的猛烈撞击。真由子的头部受到重创，一度徘徊在生死边缘。

当时在超市工作的早苗正在参加早会，接到消息后，立刻赶往医院。未想她面对的，是无比残酷的现实。

医生向早苗说明真由子目前的情况："这两三天是危险期。即使挺过来了，也不一定能恢复意识。"

如果一直无法恢复意识的话，真由子就会成为所谓的植物人。那样的话还要不要继续维持生命呢？面对医生的询问，她毫不犹豫地作出选择："要继续维持生命。"

此后，早苗每天要去医院3次，照料陪护真由子。她有时会握着母亲的手，有时为母亲搓搓身子，心中时刻祈祷着母亲能够恢复意识。

几十天过去了。终于有一天，真由子突然恢复了意识。对于正要放弃希望的早苗来说，这无疑是一个奇迹。但是，苏醒后的真由子运动和语言能力几乎为零，只有右手等处能稍稍活动，且完全发不出声音。

恢复意识后的真由子穿着尿布，每日每夜静静地躺在病床上。食物也是通过胃造瘘摄取的。且为防止窒息，需要定时为她吸痰。当时的真由子需要24小时不间断的看护。

真由子就这样在医院住了两年后，早苗提出要将母亲接回家由自己全权照顾。

"医院的看护无法做到无微不至，有时候甚至很粗糙。而且如果我不在的话，妈妈也会感到孤独。"

浩二对此表示反对："那样的话把真由子送到护理机构去吧。在自家照顾是不可能的。"然而早苗对父亲的话置之不理。

"我想要永远照顾母亲。在家照顾是最好的了。"

当时35岁的早苗此后在医院住了约一周，向护士学习吸痰方法、胃造瘘的使用方法等护理必要技能。随后她辞去了超市的工作，成为无业状态。

自那以后至案发的约10年间，早苗任劳任怨地看护着真由子，一天都没有休息过。她每天的日程安排是这样的：

● 早上4点　　起床。通过胃造瘘喂母亲吃流质食物。

换尿布、吸痰等。

- 早上7点　　　洗衣、打扫等家务。
- 早上9点　　　购物。第二次喂食流质。
- 正午　　　　　为真由子洗澡。
- 下午3点　　　第三次喂食流质。
- 下午5点　　　第四次喂食流质。
- 晚上10点　　睡觉。为防止生褥疮，每1小时左右为
　　　　　　　母亲翻身。更换尿布、吸痰。

日往夜来，早苗每天都不断重复着上述日程。真由子感冒的时候，早苗不眠不休地为她吸痰，调节被子中的温度。

在家进行家庭看护的这10多年间，早苗从未睡过一个好觉。也从未在外住宿过，更别提旅行了。

早苗有时会受邀外出吃饭，但总是因为担心真由子，出门30分钟左右就急着往家赶。她渐渐地失去了与朋友的交流，和交往的木本也分手了。

早苗一家共有四口人，父母、弟弟和自己。父亲浩二是卡车司机，经常不在家，全靠坚强能干的真由子操持家事。

早苗与真由子关系紧密是众所周知的，早苗从小就总爱粘在母亲身边。事实上，对于早苗来说，能在母亲做菜或是做针线活时待在她身边，就是一种幸福了。

早苗成人之后，母女俩的关系依旧亲密无间，经常一起外出游玩或购物。因此，当真由子遭遇交通事故卧床不

起后，早苗理所应当地认为，只有自己能够给予母亲完美周到的看护。

虽然出事后的真由子无法再像过去一样和早苗一起逛街、互诉烦恼了，但每当早苗对母亲说话的时候，真由子的脸上总会浮现出微笑，嘴一张一合，仿佛想说什么似的。

"妈妈觉得高兴呢。"

看到真由子的反应，早苗觉得所有的疲劳顷刻间烟消云散，且深刻地感受到了自己存在的价值。早苗由衷地相信，有朝一日，一定能像过去一样，同母亲有说有笑地生活。抱着这样的信念，早苗更是全心全意地看护着母亲。

然而，就在家庭看护正好步入第10个年头的当口，早苗感到自己的身体状况出现了异样。身体变得愈发沉重，且时感倦怠。早晨起床也变得很困难。

将真由子从护理床上移动到别处愈发吃力。以前能抱着母亲一口气走到浴室，然而现在却要在途中坐下休息好多次。

为母亲换尿布、擦身等对早苗而言也俨然成了重体力活，不再像过去那样干得轻松顺手了。眼见生活逐渐偏离正轨，早苗开始变得焦虑起来。

此后，随着真由子身体状况的恶化，早苗变得愈发焦虑。同时，早苗身体僵硬的情况进一步加重，且患上了肠梗阻等疾病。早苗有时会按摩腹部缓解不适，有时用热毛巾包裹身体以缓解僵硬症状，但都收效甚微。

2014年年初，案发前约4个月。早苗萌生了"想死"

的念头。她变得食不下咽，一个月内体重下降了10公斤。

感到自身状态不佳的早苗内心不安加剧，眼见着真由子的状态也每况愈下，早苗脑海中闪现了"让妈妈解脱"这样的念头。如果和妈妈一起死的话，我们就都能解脱了……

早苗对于母亲的看护力求做到完美，且未曾寻求同住的父亲或住在别处的弟弟的帮助。事实上，早苗同浩二经常因生活琐事发生矛盾。

案发当日早晨，早苗没能按照惯例在4点起床。这样的情况从未有过。无论早苗怎么努力，身体就是不听使唤。

早苗在法庭上述说了当时的心情："感到自己终于到极限了。"

"根据鉴定结果可以认定，被告在案发当时患有抑郁症。"

2015年6月24日，为早苗进行精神鉴定的男性精神科医生作为辩方证人出庭作证。

在被起诉后，早苗接受了精神鉴定，被认定为在案发当时患有中度抑郁症。负责鉴定的精神科医生作为证人出庭，说明了早苗的情况："由于看护的疲劳、母亲症状恶化，被告产生了绝望感，加之自身的更年期症状、与父亲的不合，以上都是引发抑郁症的要素。患上抑郁症后，被告产生求死意愿，也就是有了想死的念头。"

抑郁症指的是，由于生理及心理上的压力导致脑功能失调的状态。忧郁症指的是，出现下列症状且持续两周以上：心情沉重、感到疲劳仍无法入睡、做什么事都无法提起兴致。

这种疾病可能是引发自杀及共同自杀的主要因素。反之，根据第一章中精神科医生所述，若因为某些原因长期无法正常睡眠，很可能引发抑郁症。

患上了心理疾病的早苗，本该寻求治疗，但无论是早苗自己，还是身边的人，都没有认识到这一点。且具有讽刺意味的是，直到悲剧发生后，早苗的病才首次为人所知。

在法庭上的早苗时常哭泣。无论是检察官在对案发当时的情况进行说明的时候，还是证人们在叙述母女间亲密关系的时候，早苗都用手帕捂住眼睛，不住啜泣。

在向被告人提问的环节中，早苗述说了自己对母亲的感情。

辩护律师："您为什么觉得除了死之外没有别的办法了呢？"

早苗："我想从看护的辛劳中解脱，而且看着母亲卧床不起的样子，觉得她也一定很辛苦吧。"

辩护律师："卧床不起的母亲（对于您来说）是怎样的存在呢？"

早苗："是像孩子一样的存在。母亲没法离开我生活。"

辩护律师："如果母亲看到现在的您，会对您说什么呢？"

早苗："母亲会对我说，你要坚强地活下去。"

辩护律师："您今后打算怎样生活下去呢？"

早苗："我会一边祭奠母亲，一边努力生活。"

法官："交通事故发生之后，您选择为母亲继续维持生命。既然如此，为何后来又寻求与母亲共同自杀呢？"

早苗："最初，我的身体状况没有问题，能够看护母亲，但案发之前，我感到自己身心状况都已到极限了。"

法官："对于亲手将母亲杀害这一事实，您是怎么想的？"

早苗："我很后悔。"

6月25日，在案件的结案辩论审判中，检方以抑郁症的影响轻微为由，认为被告在案发时是具备完全刑事责任能力的，应对其判处有期徒刑5年。

审理结束前，被告还有最后一次陈述机会，早苗站在证人席前，如是说道："虽然我亲手将妈妈杀害，但如果还有来世的话，我仍然想做妈妈的孩子。"说完便泣不成声。

此时的法庭一片寂静，只听到女性陪审员的抽泣声，切切回响。

7月，案件终于宣判。经陪审员一致裁定，判处早苗3年有期徒刑，缓期5年执行。

判决指出："被告受到抑郁症的影响，无法正确认识现状并合理应对。被告陷入一系列错误的认识，认为只有自己能够看护母亲，要想摆脱看护生活只能寻死，如果自己要死的话就得和母亲共同自杀。最终酿成悲剧。"因而法院认定，受抑郁症影响，被告在案发当时处于精神衰弱状态。

进一步而言："被告长期全身心地看护母亲，最终筋疲力尽，因而决意强迫母亲共同自杀。考虑到案件的缘由，很难对被告的行为予以强烈谴责。"法院对早苗的情况表示了同情，并对作出缓刑判决的理由进行了说明。

主审法官在宣读判决书期间，证人席前的早苗始终垂着头，默默地听着。

约10分钟后，判决书宣读完毕，主审法官抬起头看着早苗，道："如果当时你能向他人寻求帮助，或及时去精神科就诊的话，就能避免悲剧的发生。一思及此，不免令人叹息。希望今后，你遇到困扰烦恼不要独自承受，要及时倾诉，并寻求帮助。"

早苗闻言向法官深深地鞠了一躬。

法官继续道："还有一点。已去世的母亲对你的犯罪事实会怎么想呢？我认为，你的母亲绝不想与你共同自杀。母亲对你的爱，就如同你对母亲的爱一样，你们彼此珍视对方，爱着对方。母亲的内心一定希望，今后的你能够珍爱自己的生命，好好地活下去。请你牢记于心，今后珍爱生命，好好地活下去。"

此时的早苗已热泪盈眶，她强忍住眼泪，再一次深深地鞠了一躬。

判决后，我们通过辩护律师，向早苗提出了采访的请求。然而，请求被拒绝了。

律师向我们解释道："早苗本人和父亲都拒绝接受采访。父女俩也许是不想因这起案件再被打扰了。"

但是，我们仍想直接与早苗沟通，听一听她拒绝采访的理由，哪怕只是一句话也好。

判决过后几天，7月6日。我们从大阪市中心换乘电车出发，前往早苗的家。经过大约1小时的车程，我们到达了早苗居住的位于郊外的街道。

在目的地附近的车站下车，根据地图所示，步行约10分钟后，我们来到了早苗家门前。按下玄关的对讲机后，浩二出来应门了。但是，他的回答是："事情已经结束了。"浩二的态度很明确，并不想接受我们的采访。

在那之后，我们又上门拜访了两次，但按下门铃后却始终无人应答。

然而在8月21日这天，当我们再度拜访的时候，浩二不知何故让我们进了家门。我们来到了一楼的起居室。只见架子上摆放着小小的相框，照片上是躺在床上的真由子的模样。

我们经过案发的房间，但房门紧闭，没法看到房间内的样子。随后，我们在起居室的椅子上坐下，浩二首先开口说道："我女儿现在不在家。她现在在精神科医院，被要求强制住院了。总之先住两个月。我对她说，就算是为了你妈妈，你也要坚持啊。"

判决后，检方未提起上诉，但向法院提出，依据医疗观察法，针对精神失常等情况，应对被告进行抑郁症的治疗。最终，法院判定，自7月末开始的两个月内，早苗需进行鉴定住院。

鉴定住院将判断患者是否有住院治疗的必要。其结果显示，早苗必须住院接受治疗。

在我们向浩二询问有关案件的事情时，浩二这么回答道："过去我让女儿独自承担了所有的看护重担，让她经历了这么多的痛苦，甚至连她患上了抑郁症都未曾察觉。"

他的话语中充满悔意。但我们想进一步询问案件细节的时候，浩二对我们说："已经是过去的事了。我不想再回忆了。"

至此便不再多言。

10月3日，在早苗住院两个月后，我们再度前去拜访。

浩二告诉我们："早苗上周出院了。现在一直在家，但是采访的话恐怕还是不行。"

又过了大约一个月，11月4日下午2点左右，面对我们的再次拜访，浩二在玄关接待了我们。

浩二表示，早苗现在正在二楼的房间内。

"我得去问问她愿不愿意接受采访。"

浩二说完，便上到二楼去。我们略感期待，但结果还是得到了否定的答复。

"早苗说她不愿接受采访。也许是对回忆案件的事情感到恐惧吧。"

当我们询问早苗的近况时，浩二态度一变，稍显高兴地告诉我们："早苗现在每天都会去超市打零工，今天也去了，现在刚刚回来呢。目前仍定期去医院接受抑郁症的治疗，每周还会到母亲的墓前去祭奠母亲。明天她会去律师那儿完成相关文书的流程。这样一来这件事终于能够结束了。"

因残酷的交通事故而开始的长期、迷茫的看护生活，最终以悲剧落幕。虽然就取材而言我们十分想与当事人对话，但从内心深处我们也能理解早苗和浩二的心情，对于他们而言，能够尽早为这场悲剧画上句号，回归平静的生活，是目前内心最渴望的事了吧。

至此，我们没能进一步进行采访。12月1日傍晚，我们最后一次拜访了早苗的家，但仍然没能见到早苗。

离开早苗家后，太阳西沉，朦胧的夜色渐渐降临。我们望着早苗平日居住的二楼的房间，此时正寂寞地亮着点点灯光。

再走了一会儿。我们看到了早苗当时丢弃手机的池塘。翻过铁丝网，想近眼看看，迎接我们的却是凛冽的寒风，吹破池水，刺痛了我们的脸。

与往常一样，寂静的夜色正缓缓笼罩整个街道。街上回响着一阵喧闹嬉笑声，只见几个小学生模样的男生和女生的身影，仿佛正走在回家的路上。

案发前，藤崎早苗丢弃手机的池塘。池水浑浊，呈褐色，池中可见自行车等被非法倾倒的大件垃圾。（摄于2015年12月）

如同早苗一样，想必不少人也是在看不见尽头的长期看护生活中渐渐产生身心障碍，最终导致悲剧发生的吧。

　　在东京发生的一起案件，就与早苗的案件有惊人的相似之处。

　　2010年6月28日晚8点半左右，在东京都内的某处公寓内，卧床不起的香田美津子（80岁，化名）被同住的次子光司（52岁，化名）勒住脖子，于3天后死亡。

　　美津子患有阿尔茨海默症，8年前因脑梗塞导致右半身瘫痪，失去语言能力。此后美津子无法自主进食，每天依靠胃造瘘摄取营养。

　　与美津子一同生活的光司过去从事电力水管施工工作，而后为了看护母亲，便放弃了自己的事业。

　　光司一人几乎包揽了所有的看护工作，包括为母亲吸痰、将营养液加入胃造瘘的管子中，等等。曾经，光司也尝试过使用上门护理及短期护理（短期全托）服务，但不知何时开始，光司总感觉这些护理服务并不能给予母亲细致周到的照顾，逐渐也就放弃了，坚持独自看护母亲。

　　案发约2年前，美津子的病情进一步恶化了。

　　痰时常会堵住喉咙，身体的浮肿也愈发严重。到了半夜，美津子常会抽筋，还会因不明原因的疼痛而不住呻吟。

　　即使是深夜，光司也要起来好几次，为母亲吸痰，在母亲抽筋时为她按摩。光司任劳任怨地看护着美津子，及时为她换上干净的尿布，经常为她翻身，因此美津子身上没有一处褥疮。

　　为给予母亲最周到最完美的看护，光司甚至变得有些神经质起来，他也从不向住在别处的兄弟或护士等寻求任何帮助。在全心全意看护母亲的同时，他自己却饱受慢性睡眠不足的折磨。

随后，光司开始依赖酒精——也许是想借酒缓解看护带来的痛苦吧。最终，光司感到自己的身体变得无法言喻的沉重起来。

"我已没法再继续看护母亲了。"

案发前一天，一向坚强地独自承担一切的光司，罕见地拨通了负责母亲护理相关事宜的护士的电话，表示自己想让母亲入住短期护理机构。于是护士便着手做相关准备工作，并定于2天后安排美津子入住。

案发当天，也就是原定美津子入住护理机构的前一天，下午2点半左右，护士来到光司家查看美津子的情况。光司向护士诉说了自己的想法："我已经无法再照顾老妈了。看护生活已持续快9年了，已经到头了吧。"

护士安慰道："总之，你先与母亲分开一段时间吧。明天就要去短期护理机构了。"

晚上7点多，光司来到美津子的床边。看到母亲的身体浮肿得厉害，便用双手在其锁骨周围按摩起来。

看着母亲脸上渐渐放松的表情，光司的脑海中出现了一种难以压抑的强烈念头——"就这样让母亲解脱吧，让这一切都结束吧。"光司遂把双手移到母亲的脖子上，利用整个上半身的体重使劲掐住母亲的脖子。

见美津子神情痛苦，嘴巴艰难地一张一合着，光司于是停了手。

"妈妈，我不会再让您痛苦的。"

光司从隔壁房间的家具中抽出皮质的腰带。他用皮带缠绕住美津子的脖子，双手拉住两端紧紧勒住。

然而，此时光司的手心已满是汗水，拉住皮带时不住打滑。于是他又前往隔壁房间，抽出了尼龙质的腰带。

这次光司紧紧地拉住带子勒住了母亲的脖子。随后美津子的嘴里吹出了红色的血泡。光司见状，立刻松了手。

光司用"脉动血氧计"夹住母亲的手指，为其测量指端血氧饱和度。只见读数显示"39"。一般情况下，读数低于90就意味着有生命危险，光司想着"这样的话母亲应该会死的吧"。

当天晚上8点47分，光司向负责的护士打去了电话："完了，我把母亲杀了。我把她勒死了。"

护士们闻讯立刻赶往光司家，并叫了救护车。美津子于3天后的晚上在医院不治身亡。死因是由窒息导致的缺血性低氧脑病。

光司因故意杀人罪被起诉，2011年7月，东京地方法院裁定，判处光司3年有期徒刑，缓期5年执行（求刑为监禁5年），判决得以最终确定。

"整整8年时间，被告全身心地看护着母亲。"判决对光司的情况表示了同情，并对缓期执行的理由进行了说明。

母爱绝望的瞬间

并不是只有老年人才需要长期的看护，身患重疾的孩子也时刻需要父母的看护。"老病看护"指的是年事已高的父母对患有疾病的孩子进行的看护。在这一群体中，悲剧事件也不断发生。

2014年秋天的一个早晨，木下裕之（47岁，化名）结束了送报纸的工作后，回到位于大阪府内的自家公寓，只见母亲芳子（73岁，化名）正在佛龛前诵着经。

铺着榻榻米的卧室内，患有先天性脑瘫的弟弟隆之（44岁，化名）正躺在褥垫上。只见隆之的一只脚从被子中露了出来。脚上的皮肤毫无血色，呈现紫色。

"妈妈，隆之的脚从被子里出来了，得给他盖上啊。"裕之对母亲说道。

闻言，芳子缓缓开口："我把他杀了。"

裕之立刻把俯卧着的隆之翻过身来，让他仰躺着，想要把弟弟扶坐起来，但隆之的身体毫无气力，软绵绵地耷拉着。

"小隆！"裕之哭着叫弟弟的名字，但隆之已毫无反应。

这一天，芳子用和服的腰带勒住了次子隆之的脖子，将其杀害。

在生养隆之的这44年间，芳子在儿子身上倾注了所有的心血，给了他最温暖的母爱，如今却以如此悲剧残酷收场。近半个世纪的朝夕看护中，母亲的心中竟突然滋生出了这样深不见底的阴暗面吗？

2016年1月22日，芳子因故意杀人罪被起诉，案件的审判工作在大阪地方法院拉开了帷幕。

初审当日，已获保释的芳子在长子裕之的陪同下步入法庭，她始终静静地低着头。身形娇小的芳子身着印有动物图案的白底毛衣，一头全白的短发格外醒目。

在确认罪状的环节中，芳子表示"没有异议"，对自己的犯罪事实供认不讳。辩护律师表示，芳子因看护疲劳，案发当时处于抑郁状态，并且，她还患有痴呆症，应认定其在案发当时处于精神衰弱状态。

不知是否膝盖或腰部疼痛的缘故，长时间保持站立状态对芳子而言略显吃力。到了休息时间，她疲惫不堪地走出法庭，在走廊上放置着的长椅上躺下休息。

看到芳子的状况，我们不禁心想，杀害了亲生孩子的芳子也许不只是在忍受着身体上的痛苦，她的内心此刻也一定正饱受罪恶感的折磨吧。

根据当庭出示的证据及裕之等人的证言，我们可以大略了解案件的背景，芳子大半的人生都在为养育和看护隆之无私地奉献着自己的一切。

隆之在出生 3 个月后的一次体检中，被确诊为先天性脑瘫。对这一事实，芳子一家虽深受打击，但仍然决意坚强地面对接下来的生活："就算患病也是我们的孩子，这一点不会改变，我们要悉心爱护他，抚养他长大成人。"

然而，隆之的身体虽然在发育生长，但他无法行走，也无法言语。吃饭、上厕所、洗澡、换衣服等，生活的方方面面都需要看护。

芳子承担着看护隆之的大部分工作。每天要为儿子更换七八次尿布，喂儿子吃饭，帮他洗澡，等等，几乎所有的事都由芳子一手包办。

隆之容易便秘，芳子每两天就要把手指伸到隆之的肛门里为他把大便抠下来。

芳子总是担心隆之，他有没有无聊呢？身体状况有没有异样？芳子片刻不离地照顾着儿子。隆之喜欢能发出声响的东西，因而芳子有时会让儿子拿着发声玩具玩，或让他敲打键盘解闷。

芳子经常带隆之外出，让隆之坐在轮椅上，自己推着他到公园散步。每年都会带他去温泉之类的地方旅行一次。

隆之到了上学的年龄，便进入特殊教育学校上小学。行政机构会提供接送费用的补助，因此芳子每天坐出租车接送儿子。送隆之到学校后，芳子便坐电车回家，忙碌家务，下午再去学校接儿子放学。

隆之就读的初中、高中都是特殊教育学校，有校车接送学生。校车站在离家几百米的地方。

芳子每天早上都推着轮椅送隆之到校车站。校车到站后，她便独自将隆之抱上车，帮助儿子落座。

然而，长大了的隆之身高约165厘米，体重约50公斤，已不再是小孩子的模样了。看护成了一件重体力劳动，比过去要费力得多。

高中二年级时，由于接送隆之上下学太过辛苦，芳子让隆之退了学。然而，此后隆之每日的生活都在家中度过，时时需要看护，并未给芳子减轻负担。

隆之在家中的移动也依靠轮椅，但是芳子年龄大了，帮助隆之上下轮椅也变得愈发艰难。芳子的腰部和膝盖都饱受疼痛的折磨。

此外，芳子还面临着严重的睡眠不足问题。隆之经常会在半夜起床，爬出被窝。芳子听到声响后便要起身，让隆之重新回到床铺上继续睡觉。

并且，半夜12点开始，芳子每隔两小时就要为隆之更换尿布。芳子睡得很沉的时候，隆之便会发出"哇——"的叫声，提醒芳子起床，为自己更换尿布。

"您从未考虑过向福利机构寻求帮助吗？"

法庭上，面对检察官的提问，芳子这么答道："我很不放心让别人来照顾隆之。尤其是送去全托的话，我担心隆之会不会感冒。我也几乎从不送隆之去日间护理机构。"

其实，在案发约10年前，芳子曾把隆之送去过护理机构。当时，芳子哭着向工作人员诉说自己的无奈："我有腰疼的毛病，对于看护我能做的已经到极限了。"

然而仅仅过了一周，家人就以"隆之的脸色很不好"等为由，怀疑隆之遭到虐待，将其带回了家。

2007年，芳子的丈夫因癌症去世，芳子独自承担了所有的看护及家务劳动。

2011年春天，住在别处的裕之回到了家中，帮助母亲一起看护弟弟。一家人搬到大阪后，裕之经常带着隆之去位于此花区的一家名为"友好舞洲"的面向残疾人开办的机构，隆之在那儿洗澡、吃饭，度过了愉快的时光。

然而，裕之也渐渐开始对看护工作神经质起来。在每周一次的上门护理服务中，工作人员会为隆之洗澡，但是裕之以"洗得不仔细"为由，每周会抽一天花上近一小时的时间为弟弟细致地再洗一次澡。

裕之曾经因为给隆之喂药的方式出了差错等看护过程中的疏漏，而向芳子大发雷霆。渐渐地，裕之的态度也给芳子造成了相当大的压力。

最终，芳子的精神状态变得不稳定起来。2012年，芳子经医院确诊为"抑郁状态"，随后开始服用抗抑郁药。据称，此后芳子的健忘也愈发严重，一度被怀疑患上了阿尔茨海默症。

2014年夏天，案发几个月前，芳子给裕之留了遗书，打算自杀，她在浴室内端着刀对准自己的腹部，却无论如何下不了手。

案发前一天，芳子致电当地的区域综合保障中心，该中心受理老年人的各类咨询，芳子在电话中坦言自己感到走投无路，内心绝望。

傍晚时分，该中心的女性看护援助专员来到了芳子的家。芳子表示"自己想入住养老机构"。裕之也对母亲的决定表示赞同。

在法庭上，芳子回顾了自己当时的心情：

"内心感觉已到了极限。和隆之一起艰难并快乐地走过了44年，我已尽了全力，到此为止吧，已经足够了吧。"

事实上，在大约一个月前，芳子也联系过该中心，并在接受咨询的社工的劝说下，入住了养老机构。然而，芳子以"不知裕之能不能做好对隆之的看护，对两兄弟感到担心"为由，在仅仅入住了4天后，便匆匆返回家中。

这一次，看护援助专员在听了芳子的诉求后，也立刻开始着手准备芳子的入住事宜。由于第二天开始是为期3天的连休，因此决定在连休结束后安排芳子入住。

但悲剧还是发生了。连休第一天的上午8点左右，芳子从和室的壁橱中取出粉色的和服腰带（长约2米，宽约6厘米），手持腰带进入了隆之睡觉的和室。

芳子来到侧卧着的隆之的身后，将腰带对折，缠上了他的脖子，绕了一圈后，打了个结。随后，芳子用右手抓住隆之的肩膀处，左手使出全力拉拽带子。

就这样过去了一两分钟的样子。隆之在发出了"呜——呜——"的微弱的呻吟声后，没有了动静。

到2011年夏天为止的约15年间，芳子一家都在奈良县的某个小镇上平静地生活着。

2015年2月，我们前往拜访芳子曾经的住所。从最近的车站步行大约1分钟后，一幢户型较大的二层西式独栋住宅映入眼帘，那便是我们的目的地了。周围有许多商店等设施，生活便利。听说芳子一家搬走后房子便被出售，现在住着别的人家。

这里曾经是芳子出生长大的地方。芳子家的大门并没有面对大马路，而是面对着一条仅够一辆车通行的小路。再往前走便无法通行了，只有居民可以进入。

我们在附近走访片刻，发现一位在芳子家附近经营烟草店的72岁的妇人，她对芳子和隆之的事记忆犹新。

"母亲经常会带着坐轮椅的孩子一起在玄关门口晒太阳呢。坐在轮椅上的孩子会摇晃着身子发出高兴的声音。有时母亲还会在门口为孩子理发。看起来对孩子无微不至，非常疼爱他。"

和煦的阳光洒在幽静的小路上，就是在这里，芳子与隆之曾共度了无比幸福的时光。虽然我们到访的时候天空阴沉，但当我们站在芳子家的玄关前，脑海中浮现出了妇人所述的情境。无论如何都无法相信曾经如此幸福的一对母子竟会被这般惨烈的悲剧生生拆散。

芳子搬家前不久，曾来与这位妇人道别："现在毕竟是年纪大了，体力大不如前，看护儿子变得非常辛苦。这次决定去大阪和长子共住，他也能帮着一起看护小儿子。"

这位妇人对芳子将隆之杀害的事情并不知情。我们告诉了她案件的实情。

"我与那位母亲年龄相仿，对体力不济这回事真的深有同感。话虽如此，竟然发生这样的事，真的不敢相信……"

妇人言毕，便默不作声。

芳子被捕后，面对调查审问，作出了如下供述。

"至今为止，我一直任劳任怨地看护着隆之，克服了许多困难。但是不知是不是因为现在年纪大了，体力和精力都不如从前，这些困难渐渐变得不那么容易克服了。"

"这样的生活究竟何时才到尽头？一想到这孩子的未来还有许多年需要照顾，我心烦意乱。"

"就好像是慢慢往水杯里加水，水一点点增多，快要溢出杯子的感觉。不停地加水的话,水最终会溢出来。如同杯子里的水一样,我也已经到了极限,无法再承受更多了,所以我把小隆杀了。"

"我感觉自己已经到极限了,无法再走下去了。当时觉得,除了将孩子杀害,别无他法了。如果还有来世的话,隆之一定能幸福地生活。"

在审判中的被告人提问环节,芳子表示:"我希望看护这件事能在我这一代结束。我想让裕之过自己的人生。"

法庭上的芳子始终低垂着头,仿佛失去了所有的活力与生机。

在庭审结束前的意见陈述环节中,芳子才第一次流露出真实情感。

站在证人席前的芳子用颤抖的声音哭诉:"是我夺去了隆之的生命,我做了十恶不赦的事。当时虽说因看护而感到疲累,但那也不能成为杀人的理由。我对自己的行为感到非常悔恨。隆之真的是个很可爱的孩子。"

审判时,裕之作为证人出庭向陪审员述说自己的想法:"自打看护弟弟以来,我第一次体会到爱一个人是什么感受。我非常爱我的弟弟。然而,这几年看护下来,我也感到非常辛苦。更何况母亲,对于她而言,坚持了这么多年,该是多么艰难。母亲所经历的痛苦是我无法想象的。我明白,弟弟是具有不可剥夺的人权的,虽然他的生命被母亲所结束,但我认为,弟弟一路走来都过着非常幸福的生活,母亲给了他所有的爱。我能够原谅母亲所做的一切。"

2月初,在案件审理结束约一周后,法院宣布,判处芳子2年6个月有期徒刑（求刑为监禁5年），立即执行。法院认为，虽然芳子曾被认定为抑郁状态，但对案件并未构成重大影响，无法认定其在案发时处于精神衰弱状态。

芳子含辛茹苦地看护隆之近半个世纪，陪审员对这一事实表示同情，但同时也认为，芳子在自身无力继续看护隆之的情况下，未能积极寻求帮助，及时解决问题，因此无法予以缓刑判决。

辩方为争取缓刑，提起上诉。

一审中为芳子辩护的男性律师在接受我们的采访时这么说道："芳子对裕之的未来也感到担忧，不愿将隆之完全托付给裕之。并且，芳子和裕之都已经因看护而感到绝望，我认为他们两人都已经到极限了。不然的话，也不会发生这起悲剧。"

判决当天，我们前往芳子与裕之的住所，提出了采访的请求，却未得到答复。

根据一审判决，芳子入狱了。但由于年事已高等原因，其后立刻获得了保释。

一审判决约5个月后，2016年6月，大阪高等法院驳回了芳子的上诉请求，宣布维持原判。

高等法院对芳子44年间看护儿子的艰辛表示理解，然而被害者的生命遭到轻视这一事实确凿，且情节严重，因此无法予以缓刑判决。

法庭宣判期间，芳子始终在流泪。走出法庭后不久，她也不住哭泣。那应该是悔恨的泪水吧。

若从隆之的角度出发，出生后一直无私地爱着自己、包容着自己的妈妈，竟残忍地夺去了自己的生命，隆之内心的绝望和无助又有谁能体会呢？

多年以来，父母体谅着孩子的病痛，并无私地爱护、看护着孩子，最终无力坚持，亲手将孩子杀害。芳子的案件绝非特例。在"老病看护"这一群体中，此类悲剧接连发生。

例如奈良的杀害脑瘫长女案。

2012年1月的某日拂晓，在奈良县某住家，母亲（85岁）勒住身患重度脑瘫的长女（62岁）的脖子，致其死亡。在此之前，母亲已看护长女长达40年。

这户人家的父亲于14年前过世，此后母亲便与长女两人共住。

2011年夏天，母亲不慎跌倒，导致右肩骨折。此后其右手便无法上举，行动起来也不再利索了。同之前相比，给女儿换尿布要花上更多的时间，母亲渐渐对看护感到力不从心了。

母亲此前曾因"女儿不喜欢"而不送她去日间护理机构，后来虽然尝试着使用日间护理服务，但因为"不愿给周围的人添麻烦""由自己来看护女儿最合适"等想法较为强烈，母亲最终不与任何人商量，坚持独自一人看护长女。

然而，母亲已不能像从前那般完美地做好看护工作了，她为此深受打击，渐渐失去自信。随着体力的衰弱，且高血压的老毛病又加重了，母亲对未来感到悲观。

"我已经无法再继续看护下去了。"母亲陷入绝望无法自拔，最终酿成悲剧。

精神鉴定结果显示，"被告在案发当时患有抑郁症"。

奈良地方法院宣布，判处其3年有期徒刑，缓期5年执行（求刑为监禁5年），判决得到最终确定。

判决中，对母亲"因固执己见的行为，藐视了长女的生命和人格"予以谴责，同时也如此叙述道："被告在骨折后对看护失去信心，感到自身体力不支，对未来产生悲观之情。受到抑郁症的影响，被告在无助绝望之时却未向周围人求助，最终导致了悲剧的发生。事件缘由令人悲悯。"

挂着拐杖出庭的母亲难掩自责之情，对陪审员如是说道：

"我的心中充满着悔恨。我是多么可恨的母亲啊。我在心中默默为我的孩子祈祷。"

又如大阪的杀害智力残疾的长子案件。

2015年3月，在大阪市内某住宅，该户人家患有先天重度智力残疾的长子（54岁）惨遭杀害，案发后，被害者的母亲（80岁）因故意杀人嫌疑被逮捕。

据悉，被害者的父亲于10多年前因痴呆症入住护理机构后，被害者一直与母亲共住至今。

被害者吃饭、上厕所均无法自理，平时的生活起居都由母亲独自照顾。她向警方这般供述道：

"我累了。如果我死了的话，儿子也无法继续生活下去。趁现在还来得及，就让我带着孩子去天堂吧。"

9个月后，12月15日下午1点半，该案的初次公审在大阪地方法院拉开帷幕。

拘留中的被告人身穿灰色开襟毛衣及长裤，坐着轮椅，被狱警缓缓推入法庭。

然而，她的样子有些异常，眼神空洞，视线无法聚焦。

"哈——哈——"

她痛苦地喘息着，连坐在旁听席的我们都听得清清楚楚。

负责为其辩护的男性律师走近其身旁，为被告人佩戴上助听器。"听得见吗？"面对律师的询问，她沉默不语。

主审法官宣布开庭，狱警将轮椅上的被告人推至证人席前。

主审法官首先向被告人提问："听得见我说话吗？"她默然。"您能说话吗？""您是不是听不见？"无论法官如何询问，被告人都沉默不语。

"检方和辩护律师需要确认被告人是否听得见声音、能否理解问话的含义，因此暂时休庭"。

主审法官宣布暂时中止审理，被告人也随即退庭。

约15分钟后，庭审重新开始，然而却不见被告人的身影。主审法官对此做了解释："由于被告人的健康状况不佳，公审无法继续。明天将再一次确认其健康状况。"

突发事态令律师也感到始料未及，遂匆匆离开。

一般在案件的初次公审中，检方会做开场陈述、提供证据说明等，能够清晰还原案件发生经过和详细情况。

第二天上午9点50分，母亲坐着轮椅入庭。呼吸声较之前平稳不少，然而视线仍然无法聚焦。

"您的身体状况如何？"面对主审法官的询问，她依旧毫无反应。

"现阶段无法确定被告人是否具有诉讼能力。"

主审法官取消了至判决为止的所有审判日程安排。案件审理中断，并且原定所有的审判日期也不再作数，在日本的陪审员审判制度之下实属罕见。

闭庭后，我们采访了母亲的辩护律师，对方这般叙述道：

"在初次公审的几天前，我与被告人进行了会面，当时被告人还能够正常与我对话。不过考虑到她患有痴呆症，现在的异样也许是受了疾病的影响吧。"

精神鉴定结果显示，被告人不具备诉讼能力。因而地方法院决定，于2016年2月10日终止该案的公审程序。

虽然母亲的症状并不明确，但很可能是从案发前开始身心就发生了异常。审判重新开始的可能性很小，案件的详细经过及给予世人的教训再也无从得知。然而毋庸置疑的是，年迈的母亲在照顾重度残疾的儿子的过程中，渐渐陷入绝望，最终，老母亲孤独无助地了结了一切，谁也没能够拯救这对母子。

*

针对残疾人看护的帮扶工作已开展很长一段时间了。

战后以来，行政机构一直施行着"措施制度"，该制度确定了帮扶的具体内容。然而，为让残疾人能和健全人一样拥有决定自我生活方式的权利，制度正在不断完善。

为打造一个残疾人与健全人之间再无隔阂的社会，残疾人、家属、帮扶者们齐心协力，开展各项活动呼吁制度变革，并因此获得了相应的权益。

2003年4月，残疾人士亲自参与商谈，成功引入"支援费制度"，该制度具体规定了残疾人可接受的服务内容。2006年4月，《残疾人自立支援法》正式实施，该法案对曾经根据残疾种类而区分的服务内容进行了统一。

目前，《残疾人综合支援法》对残疾人士能够享受的护理服务作出了明确的规定。《护理保险法》中所规定的针对65岁以上老人的服务，残疾人士也能够享受。

曾任山崎医疗福利大学（冈山县仓敷市）校长的冈田喜笃表示，截至2012年4月为止，同时患有重度脑瘫等重度智力残疾及身体残疾的重度身心残疾儿童、成人，在全国范围内的数量预计已达到43 000人。

其中，约七成的人（约29 000人）在家接受家人看护。

然而随着岁月的流逝，自身年龄渐长，越来越多看护孩子的父母开始担心："自己死后，孩子该怎么办呢？"

我们采访了关西一处为重度残疾人及家庭提供援助的残疾人机构的女性代表，她意味深长地作出了如下表述：就养育重度残疾孩子的父母而言，根据年龄的不同，他们对看护的认识也各不相同。年龄较长的父母普遍认为，"不能让自己的孩子给社会添麻烦""不能把孩子交给别人看护"，出于这类想法，这些父母大多不愿让孩子接受护理服务。

"简而言之，60岁以下的父母更倾向于积极接受福利服务，60岁以上的父母对此更多持消极态度。然而，对于不愿接受福利服务的父母，也不能以现代的眼光去谴责他们。正因为这一代父母曾亲身经历过社会对残疾人的偏见和不理解，才选择了独自承担孩子的看护工作。"

几年前，这名女性代表开办了为重度残疾人士提供护理及综合生活服务的机构。由于长年看护子女的父母们都年事已高，难以继续在家进行家庭看护，开办以来，有不少残疾人士入住该机构。

"也有许多父母表示，不愿接受他人帮助，由自己来看护子女直到最后一刻。但是，随着父母渐渐老去，体力和精力都大不如前。不知不觉间，自己也身心俱疲，若因此不幸引发虐待或杀人之类的悲剧，那么一生的心血和付出便瞬间灰飞烟灭。对于'老病看护'这一群体，必要之时，需要第三方及时介入干预，哪怕是安排子女临时入住护理机构，也能有效缓解压力，预防悲剧的发生。"

根据《残疾人综合支援法》，由母亲看护整整44年的隆之每月能够享受：① 最多30小时的身体护理，② 10小时的就诊帮助，③ 最多15天的短期全托服务，④ 最多20天的生活护理等服务。

然而，在该案件中，隆之实际只使用了每周一次的洗浴服务。

母亲芳子在庭审的被告人提问环节中，作了如下表述：

"现在想来，在自己无法坚持下去的时候如果能及时接受机构的帮助就好了。但是，无论发生什么，隆之都无法言语，也无法逃脱。一思及此，我就没法放心将他托付于他人。"

对于这起案件，之前的女性代表也概述了自己的想法：

　　"案发前不久，芳子女士曾经到相关行政机构的窗口咨询，那时就感觉她状态不佳。一般而言，很难准确判断残疾子女是否有离开父母入住护理机构的必要，但在父母年事已高且心理状态也不稳定的情况下，如果当时能将其列为紧急事态，及时予以干预的话就好了……我感到非常后悔。"

第三章　活下来的人们的每一天

随着医疗水平的不断发展，个体寿命得以延长。然而，这也意味着需要家人看护的时间随之增加。因而不难想象，对于看护者而言，在给予家人悉心照料与护理的同时，自身的生理疲劳及心理痛苦也逐渐加剧。

值得关注的是，我国到底发生过多少起因看护者疲劳而导致的共同自杀或故意杀人案件呢？

警察厅于2007年起，开始对"由看护疲劳引发的故意杀人（包括未遂）"案件进行统计。结果显示，2007年至2014年的8年间，全国共发生371起看护杀人案件。平均每年发生46起，即每8天发生1起。

看护杀人案件在所有故意杀人案件中，占比3%至6%。2015年共发生44起，2016年截至4月，共发生11起（暂定）。

日本福祉大学（爱知县知多郡）研究司法福利理论的汤原悦子副教授，由《每日新闻》等传媒的数据库中整理出被害者为60岁以上老人的案件，以此推算出其中发生于被害者家中的看护杀人案件的数量。结果显示，在1998年至2015年的18年间，疑因看护疲劳及对未来生活悲观绝望所致的故意杀人案件，共计716起。

汤原副教授表示，考虑到警方并未公布的由相同原因导致的共同自杀案件，实际案件的数量应该更多。

同时，根据厚生劳动省的数据显示，以护理保险制度为基准，经认定有护理需求的人群数量在全国范围内超过了600万人。2014年，约352万人在家中接受看护。

可以预见，随着老龄化的进一步深化，到2025年上述人群的数量将分别激增至830万和490万。我国将迎来真正意义上的"大看护时代"。

每个人都将不得不面对看护家人的现实问题。

看护杀人案件的发生，也许正是反映了当下鲜明的时代背景。也正因此，有一起案件即使发生至今已过去10年，却依旧为人们所铭记。

如今，我们也更想听一听这起令人无法忘记的案件中加害者一方的内心独白。相信他所传达的关于在看护家人过程中所得的教训、想法，一定能引起更多人的共鸣。

"想要再一次，成为妈妈的孩子"

2015年夏天，我们正在搜寻某男子的行踪。该男子正是在大约10年前企图与患有痴呆症的母亲共同自杀，后因承诺杀人被判有罪的山冈龙一（时年54岁，化名）。

龙一于2006年2月1日在京都市伏见区的河滩上将母

亲君枝（86岁，化名）杀害，随后在同一地点自杀未遂。

承诺杀人罪指的是得到被害者同意后的杀人行为。刑法第202条对承诺杀人罪及嘱托杀人罪进行了规定。后者指的是受被害者委托的杀人行为。依据刑法可对上述罪行判处6个月以上7年以下劳役或监禁，相较于最高可判处死刑的故意杀人罪而言，量刑较轻。

由于共同自杀行为并不鲜见，因此刑法第202条常用于对共同自杀中存活下来的一方的判决。然而，由于龙一案件的特殊性，案发后引起了全国范围内的广泛关注，人们纷纷为之动容。而这一切都源于对该案件的审判。

据悉，案件审判当时，不仅是京都地方法院的法官，就连起诉被告的检方都对龙一的遭遇表示了同情。法庭对

案发地点——位于京都市伏见区的桂川河滩。为寻求与母亲共同自杀，龙一带着母亲来到此处。（摄于2006年4月）

龙一作出了缓刑的判决。

《每日新闻》于2006年4月，对该案的初审情况进行了报道，"检方详细描述了（被告）在全心全意照顾母亲的同时，逐渐力不从心，陷入走投无路境遇的过程"，"法官眼圈发红，哽咽得说不出话，狱警也不禁流下眼泪，整个法庭陷入寂静"。

案件自发生以来，虽已过去10年有余，仍然以"让法官为之落泪""整个法庭泪流不止"等新闻标题被人们铭记，并被翻拍成电视剧，改编成漫画和戏剧，在网络上不断引发讨论。

京都伏见杀害痴呆症母亲案件，因而成为了最为人所熟知的看护杀人案件。审判记录及新闻资料所展现的龙一和君枝的故事，让所有人动容。

*

拂晓的京都气温只有5度，寒冷刺骨。

2006年2月1日早晨6点，坐在轮椅上熟睡着的君枝睁开了眼睛，此时她与龙一正在京都市伏见区桂川河滩上的大树下。

为与母亲共同结束生命，龙一在前一天深夜带着母亲来到此处。但是龙一内心充斥着恐惧，什么也没做，就这样静坐到了天明。

早晨，龙一望着醒来的君枝说："我已经活不下去了，就在这里结束吧。"

君枝喃喃道："还是，下不了手是吗……"

随后用异常坚定的语气轻声说道："龙一，我们一起吧。你也一起吧。"

龙一哭泣着不住向母亲说着"对不起、对不起"。

君枝耳语道："到这儿来。"遂轻轻将自己的额头抵在龙一的额头上："你是我的儿子。我很欣慰。"

母亲的这句话让龙一下定了决心。坐在轮椅上的君枝无法动手。那么只有自己了……

龙一走到轮椅后，用毛巾将母亲的脖子勒住。君枝的身体不住地抽搐。于是，龙一将菜刀刺入了母亲脖子的左侧。

"真的对不起，对不起……"

龙一将背对着自己、坐在轮椅上的母亲紧紧抱住，此时君枝已没了气息。随后，龙一尝试用刀刺入自己的脖子和腹部，并打算用绳子在树上自缢，然而由于绳子没有系紧，并未成功。龙一渐渐丧失了意识。

上午8点左右，路人发现龙一并报了警。龙一因此得救了。

龙一出生于京都市内繁华的河原地区，是家中独子，其父是京友禅名匠。京友禅是京都传统染色技艺，以华丽的纹样著称。

1950年代至1960年代（昭和三十年代至四十年代），使用京友禅技艺染色的高级丝绸制品相当畅销。龙一的父亲收入颇丰，家庭富裕。

亲戚无不羡慕嫉妒。

"住的房子租金真高啊。龙一爸爸只喝昂贵的酒呢。龙一想要什么都给他买呀。"

然而，父亲只不断告诫龙一一件事："不能给别人添麻烦。即使自己生活拮据，也不应问别人借钱。"

为继承父亲衣钵，龙一在高中毕业后就开始为父亲打下手。自那之后15年，龙一也成为了一名染色技匠，然而此时市场对和服的需求却开始逐渐减少，1980年代后期，这一行业正式走向衰败。

为谋生计，龙一也曾做过酒店保安、电器厂工人。父亲于1995年因病去世，而当时70多岁的君枝也渐渐发生了变化。

君枝有时会边说"老鼠会出来哦"，边用扫帚敲打天花板，渐渐地，君枝无法独自购物了。不久，君枝被诊断为痴呆症。

母子俩的经济状况每况愈下。1998年，龙一被公司裁员，无奈向亲戚举债二三十万日元以维生，并以市场价一半（每月3万日元）的价格租住在亲戚所有的伏见区的公寓内。

此后，龙一成了京都府八幡市的一家厨房工厂的派遣工。而君枝的病情则逐步进展，时常会在深夜作出异常举动。有时只要一到半夜，君枝每30分钟至1小时便会起身，嘴里嘟囔着"上厕所"，甚至还会独自外出。

2005年春天，君枝无法正常睡眠的时间增加到每周三四个晚上。渐渐地，龙一饱受长期睡眠不足之苦。然而无论多疲劳，他还是必须一早就出门工作，晚上下班后，龙一仍要继续操持家务、照顾母亲。这样的生活周而复始，让人喘不过气来。

同年6月下旬，在龙一工作期间，君枝独自外出迷路，被警察护送回家。

此时龙一意识到："如果继续放任母亲独自在家的话，会给他人带来麻烦。"

于是同年7月，他向派遣公司提出了停职申请。接着他申请了护理保险服务，君枝被认定为"护理3级"，即具有中级护理必要。每周能够享受5天的日间护理服务。

原本在派遣公司工作时，龙一的月薪为15万日元左右，失去了这份收入后，每2个月领取的5万日元的君枝的退休金成了母子俩唯一的收入来源。这样下去的话，护理服务的自付部分也要负担不起了。

一筹莫展之时，龙一拜访了伏见区政府的福利办公室，向工作人员讲述了自己的情况，并询问在自己复职之前，能否领取生活援助金。然而得到的答复却是否定的，"你具备劳动能力，请努力工作"。

沮丧的龙一无奈之下联络了看护援助专员。专员遂向有关部门了解情况，对方却未说明无法给予生活援助的原因。

看护援助专员向龙一介绍了社会福利协会的贷付金制度。然而，由于该制度的实施需要提供担保人，龙一以"不愿给亲戚朋友添麻烦"为由拒绝了。

君枝夜不能寐的生活仍在继续，龙一心想，这样的话即使自己复职也无法正常工作。9月，龙一正式从派遣公司离职，从10月开始的3个月时间内，龙一依靠失业保险金维生。

离职后，龙一又一次拜访了福利办公室，表示"自己想在家对母亲进行家庭看护，能否领取生活援助金"，对方却以目前龙一已领取失业保险金为由，再一次拒绝了龙一的请求。

为节省开支，君枝接受日间护理服务的频率由每周5天减少为每周2天，护理服务的自付费用被控制在每月1万日元左右。与此同时，龙一前往就业办公室，试图寻找能够兼顾看护的工作，却没能如愿。

到了12月，失业保险金的发放时限也到了，龙一无法继续领取。此后，他便开始使用信用卡贷款，君枝的日间护理服务也中断了。年末的时候，龙一勉强凑出3万日元支付了一个月的房租。

此时的龙一感到内心绝望，自己已无法再筹到更多的钱了，除了一死别无他法。

然而，当龙一把这个想法透露给君枝的时候，母亲却表示："我想活下去。"

因此，龙一坚持着过完了12月，新的一年开始了。

2006年1月下旬，龙一收到了上个月日间护理的账单，共需支付3 600日元。龙一使用信用卡贷款的1万日元支付了费用后，剩余的钱加上龙一身上的现金总共只剩7 000日元左右了。这样一来连2月份的房租都付不起了。

"已经无法继续在这个家住下去了。我只能带着母亲离开这里去寻死了。"

现在住着的房子是亲戚们以便宜的价格租给自己和母亲住的，龙一万念俱灰之下，给亲戚们留下了遗书。

1月31日早晨，和往常一样，龙一买了面包和果汁，和母亲一起吃着早餐。那时候，龙一为了节约，自己2天才吃1顿，而君枝每天吃2顿面包和果汁。

随后，龙一想着，结束生命之前，最后再带母亲去一次充满着家人幸福回忆的地方看看。龙一把刀和绳子装进背包，随后拉下电闸，便带着君枝出了门。母子俩出发前往河原町一带，那里正是龙一出生长大的地方。

龙一和君枝坐着京阪电车到了三条站。下车后，龙一推着母亲的轮椅，到游人如织的新京极街散步。途中经过了从前全家人每月会光顾一次的电影院。还经过了电影散场后，全家人曾一起吃晚饭的餐厅。

龙一与君枝兴致勃勃地追述着往事，母子俩都由衷地感到高兴。龙一心想，这样的快乐能再持续一会儿就好了，如果能活下去的话就好了啊……此时的商店街熙熙攘攘，人来人往。龙一低头注视着母亲，默默地推着轮椅，始终无法正视路人洋溢着笑容的面庞。

晚上7点左右，君枝对龙一说："我们回家吧。"

母子俩坐上电车回到了伏见区。下车后，为寻找自杀的地点，龙一在附近徘徊了好一阵。

途中经过自家公寓，望着一片漆黑的屋子，龙一突然生出"想要回家"的念头,然而他还是强忍住泪水,离开了公寓。

随后,母子俩便来到了桂川的河滩上。

审判时,检方陈述了龙一的如下供述:"虽然我亲手夺去了妈妈的生命,但如果还有来世的话,我还想做妈妈的孩子。"

对此,检方甚至站在了被告人的立场,向法官表示:"听闻被告的犯案经过和作案动机,不得不令人同情。"

审理该案的男性法官在被告人提问环节提到,目前看护杀人案件屡见不鲜,就这一现象的缘由询问龙一的看法。对此,龙一表示:

"如果想要尽可能不给他人添麻烦努力生活下去,那么必须舍弃一些自己所拥有的东西。如果自己也已走到极限,那么除了舍弃生命之外就别无他法了。"

2006年7月,法官宣布,判处龙一2年6个月有期徒刑,缓期3年执行(求刑为3年监禁),判决得以最终确定。

法官对缓刑判决的理由进行了说明:"我们相信,被害者对被告人抱着感谢的心情,而绝非怨恨。可以推测出被害人并不希望被告人被施以严惩,而是希望他今后能幸福地生活下去。"

宣判后,法官对当前家庭看护的现状提出了意见:"本次接受审判的绝不仅是被告一人。同时还应追究我国护理制度和生活援助制度的责任。"

随后,法官对龙一说道:"就算是为了你的母亲,你也要努力，幸福地生活下去。"

龙一抬手拭去脸上的泪水，答道："谢谢您。"

媒体对该案的审判情况进行报道之后，许多人对君枝生前最后的时光及龙一的境遇表示了同情。然而，审判结束后的龙一究竟过着怎样的生活，我们依旧不得而知。

相信在案发近10年后的现在，龙一能够更加冷静地回忆当时的情况吧。现如今，因看护导致的悲剧不断重演，与过去相比未见任何改善，就这一现象，我们也想听一听龙一作为当事人的看法。

我们的报道以看护杀人案件为主题，能够实现对龙一的采访对于取材来说是相当有必要的。相信很多人都想听一听作为案件当事者的龙一的想法，也想进一步了解他在案件结束之后的生活。

现在的龙一，究竟在哪里，过着怎样的生活呢？2015年7月初，我们首先与当年为龙一辩护的男性律师取得了联系。

律师这么答复我们："说实话，案件结束后，我就再没和龙一先生见过面、交谈过了。"律师的工作很忙。即使是受社会广泛关注的案件，审判结束后，律师的职责就已完成，多数律师便不再与当事人继续保持联系了。

"每次接到媒体的采访请求时，我都会将采访的主旨等内容写在信里寄给龙一先生，但是从未收到过回复。一年前，电视台联系我，表示想对龙一先生进行采访，于是我又写了信向他说明情况，然而信件却因收件人不明被邮局退回了。"

律师猜测也许龙一大约在一年前搬家了吧。他告诉我们自己并不清楚龙一现在的住处。

这次我们试着寻找龙一的一位亲属，这位亲属的名字曾出现在案件的资料中，他目前居住在京都府内。我们设法得知了他的住址，登门拜访时，迎接我们的是一位老年男性。当告知他我们是记者的时候——

"关于那件事，我已经全都忘了。没什么可说的。"他这么说着，作势便要关门。

我们赶紧把住门："请问龙一先生现在住在哪里呢？我们想要和他谈一谈。"

随即我们表明了此次采访的主旨。

老人闻言斩钉截铁地回答我们："采访他是不可能的。"

然后便陷入了沉默。过了一会儿又说道："龙一已经不在这个世上了。他去年就死了。得了病死的。"

"龙一先生真的已经去世了吗？"

"我现在也正在整理自己的心情，想要把那件事彻底忘记。我不想再说了。"

"案件发生后，龙一先生过着怎样的生活呢？"

"龙一一直生活在自责和悔恨中，直到他生命的最后一刻。"

面对我们对龙一去世时的情况的询问，老人拒绝进一步回答。一周后我们再次拜访了老人的家，得到的仍是同样的答复。

至此，采访遭遇了前所未有的阻力。据目前所知，我们已无法与龙一直接对话了。并且，龙一的病情、临终前的情况均无从得知。

为了解龙一生前最后的时光，我们来到了龙一过去居住的位于伏见区的公寓，对公寓周边和龙一的熟人进行了走访。但是，没人知道龙一的消息。

自开始对案发后龙一的生活轨迹进行调查以来，已过去10天有余。就在那时候，我们拜访了居住在京都市内的一名与龙一相识的男子。我们告知他龙一已经去世的消息后，他沉默不语。从这位男子口中，我们得知了龙一在案件审判后所生活的住址。

一系列的悲剧

位于滋贺县西南部的草津市，是一座人口约13万的小城。此处坐临日本第一大湖琵琶湖的东南部。在JR京都站坐电车约20分钟就能抵达草津市。

7月14日上午11点左右，我们顶着炎炎夏日，从JR草津站出发坐车大约10分钟，便到达了目的地。此处一幢陈旧的四层公寓楼便是案发后龙一的住处。

此时楼体四周架设了脚手架，停车场内停着许多施工车辆。工作人员告诉我们由于建筑物老旧，正在对此处进行翻修。

龙一曾经居住的地方就在这幢公寓楼的三楼。我们在一楼看到了用油性笔写着"山冈"字样的信箱。山冈正是龙一的姓氏。

我们依次走访了公寓的住家。其中，一名70多岁的妇人说的话，让我们一下震惊不已。

"山冈先生去年在琵琶湖自杀了。"

据该妇人介绍，2014年8月，警方曾来到公寓走访调查龙一的生活情况，她也是在那时得知了龙一自杀的消息。

据邻里所述，龙一大约9年前搬来此处居住。恰好是审判结束的时候。龙一居住的公寓面积大约6张榻榻米大小，内有一间狭小的厨房，月租金约22 000日元。

龙一每天一大早就外出工作，傍晚时分才回家。龙一平时和街坊邻里几乎没有交往，大家也都不知道龙一便是当年看护杀人案件的当事人。

随着在公寓周边走访调查的深入，我们得知曾经照顾过龙一的某个亲戚目前正居住在滋贺县内。据悉，在龙一去世后，该亲戚曾来公寓处理后事。我们从邻里口中获知了他的姓名。

随后，我们在滋贺县内的电话簿中找到了本田弘幸（化名）的名字，他正是我们所要寻找的龙一的亲属。两天后，一个阴沉多云的日子，天空飘着细密的雨丝，为拜访本田先生，我们来到了某个小镇。

在一处独栋住家门前，我们按下了对讲机，玄关的门随即打开了，迎接我们的是一位70多岁的老人，他就是本田先生。

当得知我们是为了解龙一的事情而前来拜访的时候，

本田露出了不耐烦的表情："龙一已经去世了，我不想再提过去的事了。"

"我们听说龙一先生自杀了，感到非常震惊。我们想了解一下到底发生了什么事。"

闻言，本田仿佛有思想准备一般，走出玄关，来到门前。只见他停顿了片刻，随即点着手上的烟，深深地吸了一口："那是去年8月1日早晨的事……"

他缓缓向我们讲述起当时的事情，眼神深邃，不时凝视着远方。

2014年8月1日早晨八九点钟的时候，本田接到了滋贺县警察署的通知。警方告诉他，龙一的遗体在琵琶湖被人发现，并且在琵琶湖大桥附近还找到了他的电动自行车。据悉，琵琶湖大桥位于大津市与守山市之间，将一湖之隔的两座城市相连。

据当时正在附近散步的目击证人所述，一名可能是龙一的男子从琵琶湖大桥的高处一跃而下，落入湖中。

"在龙一随身携带的腰包中发现了一张小小的白色便条纸，似乎是遗书的样子。上面写着'希望能与自己和母亲的脐带一同火化'。腰包中还有一个四方的盒子，里面有两段脐带。"

原来，龙一并不是病故的，而是自杀身亡的。审判结束后，龙一身上究竟发生了什么呢？

"案件审判结束后，亲属们聚在一起商量龙一今后的生活安排。龙一当时连个去处都没有。因为许多亲属居住在滋贺县，因此大家决定带龙一到那儿去生活。大家为龙一在草津市找好了公寓，并为他安排了木材公司的工作。当时我是龙一的身份担保人。"

本田曾多次拜访龙一的公寓，同他一起喝酒。公寓内的佛龛上供奉着龙一父亲和君枝的牌位。

一开始，本田总是鼓励龙一："就算是为了你的母亲，你也要振作起来，好好生活啊。"

然而龙一绝口不提案件相关的事。

龙一在木材公司勤勤恳恳地工作着，仿佛什么事都没发生过的样子，安静地过着每一天。公司的同事这样评价龙一："他非常认真地默默工作着。"其他同事回忆起龙一，这般描述道："以他的实际年龄而言，龙一显得格外精力充沛，对于自己熟悉的机器设备，总是很细心地教我们使用方法。"

有时候，龙一还会在休息日和同事一起外出钓鱼。然而，2012年，龙一到了退休的年纪。虽然与公司签订了续聘合同，但是2013年初，由于经济不景气，公司无法再与龙一续约了，他只得离开木材公司。

"我被公司解雇了。"

告知本田这一消息时，龙一显得非常低落。

公寓的一位女性居民这样描述道："龙一离职后，表情也变得黯淡起来，整天闭门不出。"

渐渐地，本田等亲属打来的电话龙一也不接了。2014年春天，公寓的管理人与本田取得了联系："7月底租房合同就到期了，必须与住客本人确认此后是续约还是解约。"

"那以后，我去了好几次龙一的公寓，但是都没能见到他。有时候还能看到屋内亮着灯光。大概是6月份吧，龙一隔壁的住户让我进了房间，我顺着阳台向龙一的屋子里望去，只见窗户紧闭，屋内没人。那时候连电闸也被拉下了。屋里还堆放了许多信件。"

本田感到很担心，于是向警方提出了搜索申请。然而没能找到龙一的下落。大约2个月后，龙一的遗体被发现了。

龙一去世的时候身上的现金仅有数百日元，积蓄也已用尽。

"从龙一离开公寓到8月1日为止的这段时间内，他到底去了那里，做了什么，警方的调查也未能得到准确的结果。手机的通话记录和银行账户的存取款记录也未留下任何信息。然而可以确定的是，龙一对租房合同在7月底到期这一事实是清楚的。当时的他失去工作、经济窘迫，还即将失去住所。也许正是这一系列的打击把他逼入了绝境吧，因此他选择在8月1日自杀。"

也许本田的推测不无道理。龙一在河滩上将母亲杀害，并寻求与之共同自杀的日子，正是当年2月份的第一天。龙一因为无法支付2月份的房租，心生绝望，便在1月31日带着母亲离开了家。

"审判虽然结束了，但对于龙一而言，案件所带来的影响远远还未消散。虽然我为龙一的死感到懊悔，但我认为在龙一的心里，想与母亲重新团聚的想法是相当强烈的。"

在庭审的被告人提问环节中，龙一曾流着泪坚定地承诺道："我会连着母亲的份一起活下去。"然而龙一最终未能遵守他的承诺，纵身跃入湖中，结束了自己的生命。

因看护而引发的案件，往往能博得人们的同情，然而这些案件并未在审判结束后就画上句号，而是在未来的日子中引发新的悲剧。

龙一案件究竟向我们传达了什么呢？当龙一的生活陷入困境的时候，究竟遭遇了怎样的阻碍呢？我们就此向本田询问的时候，他小心翼翼地开了口：

"我国并不是缺乏对生活困难的人们的救助制度，我觉得行政方面并没有过错。但是，有些人像龙一一样，想要利用制度却无法利用，或者根本就不利用制度，对于这些处事笨拙的人，如果社会能有什么援助措施的话就好了。"

本田与几名亲属一同为龙一处理后事。按照龙一的遗愿，他们将遗体与两段脐带共同火化，送龙一走上最后一程。

亲属们希望，龙一既然已经离开人世，就把这一切的悲剧痛苦全都结束吧。于是，遗体火化后，亲属们并未保存龙一的骨灰，也没有为其设牌位或墓碑，且将龙一房内的遗物、佛龛等都一并销毁了。

因看护疲劳所导致的故意杀人或共同自杀案件的审判结束后，加害者继续接受心理咨询、行政机关随访的情况非常少见。

对于受到公众关注的龙一而言，在案发后也未能得到相关部门的福利援助，在陷入困境之时，选择了结束自己的生命。

如同第一章中所述，由我们的分析可以得出，多数看护杀人案件的加害者曾不分昼夜地看护家人，面临慢性睡眠不足的问题，于是渐渐身心俱疲，陷入了绝望。因看护疲劳所导致的抑郁状态等身心问题，很可能成为引发悲剧的诱因。

然而，案件中的加害者在经历审判或服刑等司法流程后，心理问题仍未得到解决。更有甚者，由于亲手夺去挚爱的家人的生命，加害者背负着这一沉重的罪行，内心几近崩溃，在煎熬与痛苦中挣扎前行。

事实上，还有一位我们无法忘却的人物。这位男性是一名泥瓦匠，我们在对看护杀人案件进行取材的过程中与之相识。

看护杀人案件所遗留的创伤

"妻子的样子真的太可怜了。我都不忍心看呢。"

田村浩（70岁，化名）是一名泥瓦匠，他居住在大阪府内闹市区域。这天我们前去拜访，他坐在自家玄关门口，叹着气回忆起去世的妻子。

2015年8月17日上午，盂兰盆节的假期已经结束，返乡热潮也已散去，人们逐渐回归正常生活。自浩服完刑出狱已过去1年又2个月了。

3年多前，浩将身患风湿病的妻子夏子（67岁，化名）刺杀，遂被判处2年6个月有期徒刑。而在案发前，浩曾全心全意地看护了妻子近10年时间。

那天，我们拜访了浩所居住的小户独栋住家，这里也曾是案件发生的现场。按下门口的对讲机后，一名身材瘦高的老年男子为我们开了门。这位老人就是浩。

只见他身穿短袖上衣、白色及膝中裤，右侧膝盖处缠绕着绷带。

对于我们提出的采访请求，浩摇着头拒绝了。

然而我们不愿轻易放弃，一鼓作气再度恳求道："我们的采访是为了给当下正经历着看护痛苦的人们带去宽慰和告诫，请您接受我们的采访吧。"

"那么……就今天吧？"浩说着，将我们领进了门。

"夏子生前因为风湿病而卧床不起。她总是感到疼痛，真的很可怜。我不忍心看她这样。夏子每天都会一个劲地说，自己已经坚持不下去了。"

浩断断续续地拼凑起语句，诉说着对妻子的回忆。

"夏子讨厌别人触碰自己的身体。"浩向我们说明了过去从未使用护理服务的原因。夏子强烈地希望由浩独自看护自己。

当时家中只有浩与夏子，浩一边干着泥瓦匠的工作，一边忙不迭地看护夏子，不知不觉间，浩的心理出现了问题。

"当时自己抑郁了。不，更有过之。那时候我始终情绪低落，郁郁寡欢。"

谈话开始了15分钟左右的时候，长女凉子（化名）回到了家。浩在出狱后便与凉子共同生活。见女儿回来了，浩立马对我们说道:"今天就到此为止吧。一讲起夏子的事情,我就感到心里不好受啊。你们过一段时间再来吧。"

说罢,浩露出疲惫的神色,站起了身。

临走时,我们提出:"能告诉我们您的手机号吗?"

为下次采访前能联系上浩,我们仔细地保存了他的手机号。

根据本案的审判记录及相关人士的证词可知,由于看护疲劳,案发时浩也处于睡眠不足的状态。虽然并未对浩进行精神鉴定,但根据其事后回忆,案发当时其自身精神状态极差。

案发时间为2012年3月5日下午3点50分左右。在面积仅4张榻榻米有余的狭小房间内,当时的夏子正仰卧在床上休息,浩拿着刀(刀刃长约19厘米),对准夏子的胸口,共刺了5下,将其杀害。

将妻子杀害后,浩双手不住颤抖,甚至没法拨电话。于是他拿着菜刀就来到了隔壁邻居家,请求邻居帮忙报警并叫救护车。

救护车赶到的时候,浩正静静地坐在玄关附近,精神恍惚。当时夏子已经没了气息。

这天,从一早开始,夏子就比往常显得更烦躁不安,不断地叫唤着自己的疼痛。看着夏子痛苦的样子,浩的心情变得愈发沉重起来。

"我不想再眼睁睁地看着夏子忍受痛苦了。我想让她不再痛苦,彻底解脱。"

当时的浩由于长期处于悲观抑郁的情绪之中，对妻子的病、自己的生活都已束手无策，内心充斥着既无退路便一了百了的想法。最终，在太阳快要落山的时候，浩猛然起身，来到厨房，抓起了一把菜刀。

夏子在45岁之后患上了类风湿关节炎。这是一种免疫异常引起的疾病，会导致全身的关节产生炎症。

发病10年后，夏子开始依靠轮椅生活，浩也开始了对妻子的看护。浩每天早晨4点起床，为自己准备当天的工作便当及夏子的午餐。傍晚时分，浩下班后，还要准备两人的晚餐。

案发一两个月前开始，夏子的风湿病症状加重，变得无法独立进食、上厕所。

每天无论昼夜，夏子每隔两小时就要上一次厕所。因此浩在家居市场购买了简易坐便器，放在夏子的床边。要上厕所的时候，浩就把夏子抱到坐便器上方。

然而，夏子需要浩帮忙的，并不仅仅是上厕所这一件事而已。

"关一下门。"

"把这儿收拾一下。"

夏子白天睡眠时间长，到了晚上，就如同撒娇一般，差遣睡在隔壁屋的浩干这干那。浩只能揉着惺忪的睡眼，按照夏子的要求一一完成。

吃饭的时候，浩会用勺子把食物送入夏子的口中。由于夏子身体疼痛，无法洗澡，于是浩便为她擦身。那时候，浩每天的睡眠时间仅有两三个小时。浩感到自己渐渐力不从心，再无法兼顾工作与看护，遂辞去了泥瓦匠的工作。

正如浩所述的一般，夏子无法接受浩以外的人看护自己。对夏子而言，仅仅是他人触碰自己的身体似乎都会带来巨大的痛苦，连医生的触碰她都相当抗拒。因为夏子不愿去医院，浩要定期去医院为她取止痛药。

虽然夏子持有残疾人手册，但浩考虑到夏子不愿与他人有过多接触，因而未接受护理等公共福利服务。浩独自承担了所有的家务和看护工作。

就在浩辞去工作后的某个深夜，浩在家中服用了在园艺中使用的名为马拉松乳液的农药。当时的浩因看护已筋疲力尽，一心想寻死解脱。

但是，服用的农药立刻就被吐了出来。除了腹痛和腹泻的症状以外，浩并无大碍。"也许是冥冥之中上天救了我一命，好让我继续看护夏子吧。"浩这般想着。

浩向夏子坦白了自己自杀未遂的事，闻言，夏子悲伤地说道："你以后不要再喝那样的东西了啊……"

"再也不会了。"浩向妻子承诺。

那以后，浩继续夜以继日地看护着夏子。对于看护的辛劳和自己身心产生的问题，浩从未对任何人提过。

浩从中学时代便开始学习泥瓦匠技能，是个地地道道的手艺人。1968年（昭和四十三年），时年23岁的浩与曾是中学同窗的夏子结婚了。

婚后，两人建造了自己的房子，然后有了独生女凉子。

浩的工作非常顺利，身为泥瓦匠的他参与了各处住宅建筑的施工，收入也颇为丰厚。浩的兴趣爱好是钓鱼，因此，他时常带着家人前往和歌山县的胜浦、福井县的东寻坊等海边景点旅行。

一家人的幸福生活在1992年出现了转折。当时夏子的身体产生了异常。她的手指歪曲，各关节肿胀且伴有疼痛。夏子遂被确诊为类风湿性关节炎。但当时的症状对她的正常生活并没有造成大的影响。

大约是2002年的时候，夏子因肺病住院。住院后，夏子的体能一下子衰退了，出院时甚至无法独立行走，只得依靠轮椅。

当时凉子已经出嫁离开了家，于是浩便开始了独自看护夏子的生活，这是他从未有过的经历，他艰难地摸索并努力坚持着。自那以后的约10年间，浩始终独自一人看护着夏子，直至最后，亲手夺去了她的生命，这一切终以悲剧落幕。

日子一天天过去，每天的生活不断重复，在这夜以继日辛劳的看护过程中，浩也许已经达到身心的极限了吧。想必现在也有为数不少的人在类似的看护生活中挣扎、坚持。我们相信，浩所说的话一定能对这些痛苦中的人们产生深刻的影响。

与浩初次见面以来，已过去约两周的时间。那时候浩对我们说："你们过一段时间再来吧。"我们便决定先等待一阵子再与他联系。两周后，我们认为时机已经成熟，可以再次向浩提出采访请求了。

2015年9月初，我们按照浩告诉我们的手机号码，拨通了电话，但是铃响后却始终无人应答。

无论我们打多少次都没人应答，因此我们决定前往浩的家中拜访。这次为我们开门的是凉子，她对我们说道：

"父亲已经去世了。"

过了几天，凉子向我们述说了事情的经过。

8月31日这天白天，趁着同住的凉子一家外出的时候，浩在自家浴室内用美工刀割腕，结束了自己的生命。

凉子的长子先一步下班回到了家。当时电视机正打开着，却不见浩的身影。

"外公不在家吗……"

长子心里纳闷着在家中四处寻找，随后发现了倒在浴室中的浩。浩并未留下遗书。

据悉，浩出狱后不久，便开始干泥瓦匠的工作，每月有10到15天都在工作，就在自杀的2天前，他还曾外出工作过。事发当天早上，浩同往常一样外出散步，并没有任何异样。

然而，凉子向我们透露了这样的情况：

"由于案件和牢狱生活的影响，父亲仿佛完全变了个人一样。总是有种惶惶不安的感觉。父亲似乎患上了抑郁症，总是看着电视，静静地发着呆。连过去喜欢的酒也几乎不喝了，曾经那么热衷的钓鱼也不再去了。"

为迎接父亲出狱，凉子对曾是案发现场的老宅进行了整修。不仅翻新了室内装潢，还改造了采光和通风。

看护杀人　　**109**

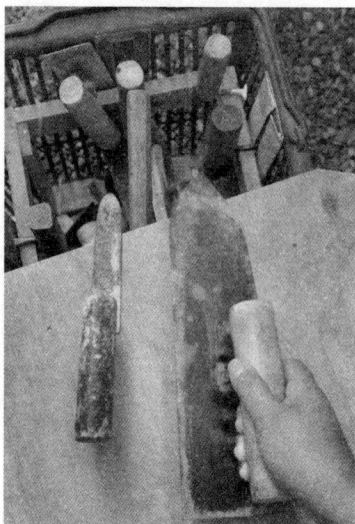
泥瓦匠田村浩常用的抹刀等工具。浩自杀前2天还在施工现场挥舞着这些工具。（摄于2015年10月）

凉子想借此让一家人都尽快忘记那起悲剧，开始新的生活。浩出狱后，凉子一家从附近的住宅区搬来与浩同住，守护着父亲。

与女儿一家开始了新生活的浩，每天会在夏子的灵位前为她祈福，每月会去一次夏子的墓地扫墓。然而，浩却无法再回到过去的状态，重新振作起来了。出狱仅仅1年多之后，他便选择与女儿和外孙永别。

浩去世后，泥瓦匠的工头将浩的一些遗物送到了家中，其中包括用于将水泥涂到墙上的抹刀。只见在超市用的篮筐中，装满了浩生前使用的各种工具。浩曾咬紧牙关，坚定地握着这些工具，勤勤恳恳地工作着，养活了一家人。

面对这般珍贵的父亲的遗物，凉子执起一件，握于手中，感慨道：

"父亲常说：'不要因过去的事而迟疑踌躇，要一直向前看，做着自己喜欢的事，好好生活下去。'但是，父亲果然还是一直在想着母亲的事，没法继续生活下去了啊……"

*

无论是京都伏见杀害痴呆母亲案件中的龙一，还是曾是泥瓦匠的浩，在案发后，都得到了家人及亲属在生活上的无私帮助。但是，由于看护而产生的巨大的心理阴影却未能轻易消除。

　　就看护杀人案件而言，对加害者们进行心理咨询与疏导是相当有必要的。

　　另一方面，因案件而感到痛心疾首的并不仅仅是当事人的家人及亲属。在浩和夏子的案件中，住在附近的邻居们也对此深感悲痛。也曾有人在看到浩因看护而筋疲力尽的样子后，劝说其将夏子送至护理机构。案发后，数百人签名请愿，希望法庭给予浩宽大处理，请愿书在审判当时作为证据公之于众。

　　请愿书究竟能对陪审员及法官的判断作出多大的影响，我们不得而知，但是在看护杀人案件的审判中，请愿书呈于庭上的情况并不少见，当事人因看护而疲惫辛劳的样子，都被邻里们看在眼里，也痛在心上。

　　每一起看护杀人案件，都会对与当事人相关的人造成巨大的打击，他们会永远在内心自责，无法释怀。

　　难道当时真的无法预防案件的发生吗？

　　真的无法拯救当事人吗？

第四章　悲剧能够预防吗？

看护援助专员的自白

我们对看护杀人案件及加害者的调查采访，最终以系列策划"看护家族"为名见诸报端。最初的连载名为《杀人案件的"自白"》，刊登于2015年12月7日的晨报（《每日新闻》大阪总部发行版）。

我们报道了第一章中提到的姬路市杀害痴呆症妻子案件，根据加害者木村茂及其他当事者的"自白"、审判记录，我们力求还原案件真相及案发背景。

连载获得了巨大反响，我们收到了来自全国各地不计其数的信件和邮件。其中有正在进行家庭看护或曾有过相关经验的读者的来信，字里行间无不透露各般无奈与烦恼。同时，也有不少读者殷切地盼望着社会对看护者的支持及保障制度能够得到进一步完善。

在众多读者来信中，一位60多岁的男性读者所提出的朴素真挚的问题引起了我们的关注。

"当事人身边的人能否预防看护杀人案件的发生呢？"

事实上，在对采访结果进行回顾的时候，我们也针对这一问题进行了讨论。看护援助专员、医生、机构工作人员等专业人士，在与看护家庭当事者接触的过程中，能否及时察觉异样呢？

12月23日，街道被圣诞彩灯装饰一新，处处洋溢着节日的气氛。这一天，我们来到了民生委员吉田孝司的家，他曾促成了我们对茂的采访。

与吉田谈话间我们得知，他因工作关系，与茂的妻子幸子曾经的看护援助专员白石早苗相识。因而我们拜托吉田与白石取得联系，询问对方是否愿意接受采访。

几天后，我们得到了吉田的答复："白石女士阅读了《每日新闻》上的连载。她表示：'木村先生能够这般有决心与勇气站出来为案件发声，那么我也要尽我所能。'"

新年伊始。2016年1月19日下午1点左右。我们来到了位于姬路市郊外的住宅区，附近的山丘此时已裹上了淡淡的银装，向远处延伸着，一派静谧美丽的画面。上次来到这里还是夏天的时候，我们对茂进行了采访，自那以来已过去了近半年光景。

白石工作的护理事务所位于国道沿线，附近超市、便利店林立，从茂的公寓步行仅需10分钟左右。原先的木质二层住家经过扩建改造成为了现在的商用建筑，在建筑物的正面挂着写有事务所名字的大幅招牌。

打开玄关门后，映入眼帘的是面积约20张榻榻米大的大厅。约10名老人正在厅里看着电视，不时与工作人员谈笑，这些老人都是在此接受日间护理服务的。其中也有老人正躺在床上。

事务所方面也已得知白石接受采访的事，工作人员带我们来到了二楼的会客室。

过了一会儿，只见白石一边打着电话一边匆匆走进屋内。也许她正在和负责的看护家庭进行沟通吧。不一会儿，她挂了电话，向我们露出了微笑："让你们久等了。"

白石身型小巧，动作轻快，说起话来也很爽快，完全不像70多岁的年纪。白石言谈间充满自信，看起来完全能够胜任看护援助专员的工作。

2000年，在护理保险制度得以落实之后，为使其顺利运作，看护援助专员这一职位便应运而生。

对于使用看护保险服务的家庭，看护援助专员每月都需预先为其制订详细的服务计划（护理方案），确定具体接受服务的种类和时间。看护援助专员的主要工作是，与受看护者及其家人进行有效沟通，制定护理方案，并在服务开始后确认方案是否被切实施行。

护理保险制度的实施，首先要通过护理需求认定，确认申请人所需要护理的程度，根据程度不同，日后所使用的服务种类及给付额度也各不相同。看护援助专员需要结合受看护者的症状及自身意愿，制定最为适合的护理方案，对于有护理需求的家庭而言，能在有限的条件内最大程度地满足家庭的需求，这样的专员是最值得信赖的。

想要成为看护援助专员，需要通过都道府县等举办的考试，并接受相应的培训。且参加考试的必要条件是，具备护理社工、一般社工、护士、医生等法定资质且具有5年以上工作经验，在福利机构具有10年以上护理经验等。这一职位所寻求的人才不仅需要具备理论知识，还需要有丰富的实际工作经验。

白石曾经是护士。在护理保险制度开始施行后不久，她便投身于看护援助专员的行列，至今已服务过近100户具有护理需求的家庭，工作经验丰富。

"我真的为木村夫妇的事感到遗憾。"

白石在会客室的沙发上落座，这么对我们说道。随后，她从A4大小的透明文件夹中取出当时的工作日志及幸子的护理方案，一边阅读一边回忆起当时的情况。

据白石所述，有这样一幅场景始终深深地印在她的脑海中，挥之不去。

那时候的茂垂头丧气、情绪低落，边叹着气边悠悠说道："已经没有机构能够让孩子他妈入住了啊……"茂的表情空洞呆滞。

此前，白石眼见茂因为看护而筋疲力尽的样子，于心不忍之下，提出帮忙联系能够让幸子入住的护理机构，最终却寻而未果，无法解决幸子的看护问题。

2012年8月16日，正是茂将幸子杀害的6天前。当时正值盂兰盆节假期，白石在为幸子寻找看护机构的过程中遇到了阻力，她无论如何也想当面与茂说明这一情况，于是在这一天前往茂的家中拜访。

为制定护理方案，白石每月都会拜访一次茂的家。近三四个月以来，幸子的症状不断恶化，对此她也早已察觉。

　　"就算是我这个外人在的时候，木村太太也没法安静下来。有时候她一进到厨房，就会对着木村先生大声呵斥：'赶紧做饭！'丝毫不避讳我的存在。木村太太当时已经无法自主更衣，吃饭时会把食物撒落一地，有时候还会不自主地流口水。在我看来，木村太太的病情进展十分迅速。"

　　同时，白石也明显地感到，茂的疲劳正与日俱增。

　　"木村先生看起来疲惫不堪。以前的他总是表现得非常沉稳，但当时他却总显得焦虑不安。木村先生表示，自己出现了食欲减退的情况，体力也大不如前，并且还面临睡眠不足的问题。也许是因为要看护木村太太的缘故吧，他丝毫没有休息的时间。"

　　这样下去的话，茂无法再继续对幸子进行家庭看护了。出于这个想法，白石劝说茂将幸子交由机构进行看护。

　　茂却表示："我将继续看护幸子。"一开始，茂的态度很坚定，但在白石的不断劝说下，他的想法也渐渐发生改变。在与茂的儿子商量后，白石便开始着手寻找合适的护理机构。

　　然而，能提供长期入住且收费低廉的护理机构并不多见。以各自治体或社会福利法人运营的特别养护养老院为例，根据厚生劳动省的数据显示，其作为护理保险机构，入住费用低于民营机构，然而等待入住的人群数量在2013年度就已超过了52万人次。

白石首先试图寻找能够让幸子短期入住的机构。随后，某处机构同意让幸子入住一晚。然而再次申请入住的时候，对方却拒绝了。机构方表示，第一次入住的时候，幸子在夜间出现了大声喧哗的情况，值班的工作人员称幸子过于吵闹，不适合继续入住。

白石还找到了其他几所机构，然而在说明了幸子的症状后，无一愿意让其入住。

同时，白石也在积极寻找能够提供长期入住的机构。她与茂一起研读由地方制作的护理机构目录及地图，以离家较近、费用能靠退休金支付为条件进行筛选，最后确认了4处机构。一一问询后发现，没有一处机构有空余的床位。

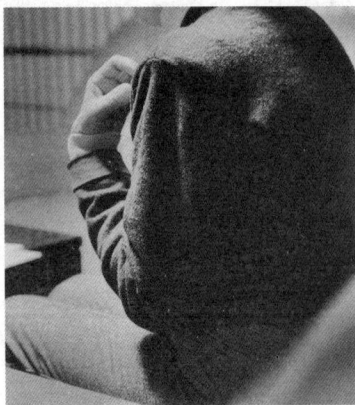

"如果能尽早找到合适的护理机构的话就好了……"工作经验丰富的看护援助专员白石早苗回顾着案发前的情形，因自己没能预防案件的发生而悔恨不已。（摄于2016年1月）

"8月16日那天我拜访了木村家，向木村先生说明了现状的严峻：'任何一所机构都很难入住啊……'木村先生显得非常沮丧，怯懦无助。这是我第一次看到木村先生露出这样的神情。道别时，我对他说道：'我还会继续寻找的，我们都不要放弃。'未曾想，这竟是我最后一次拜访木村家了……"

8月22日下午4点左右。

白石正在事务所的办公室内制作文书，窗外突然传来刺耳的警笛声，白石不禁为之一震。

也许这便是案件发生的预兆吧。

那天早晨，幸子所参加的日间护理机构的工作人员来到木村家接幸子，因无人应门而联系了白石。接到消息的白石脑海中一下子浮现出那时候茂沮丧的神情。

白石随即赶到木村家，按下门铃后，屋内却未有任何动静。向阳台望去，也没见到晾干的衣物，白石略感担忧。但当时她心想着，也许夫妇俩一同外出了吧。总之，她先打电话通知了茂的儿子。

几小时过后。白石变得焦虑不安起来，仿佛是追赶着警笛声一般，她赶到了茂的公寓。只见此时公寓前正停着数辆闪烁着红色警灯的警车。警员们一脸严肃地出入木村家。

见状，白石觉得呼吸一室，几乎要晕倒了。

"当时自己的心怦怦直跳。那天晚上，警方来到事务所取证。我这才知道，发生了这样严重的事情……真的非常震惊。"

白石自2011年11月起担任幸子的看护援助专员，当时距离案发约10个月。

首次面谈的时候，茂表示："想让幸子继续体验人际交往的快乐。"描述着自己对即将开始的看护生活的希望。

根据幸子的症状和举止，白石为其制定了每周使用1天日间护理的方案。

然而半年后，2012年春天开始，在与幸子的主治医生商谈后，白石希望能让睡眠不足的茂有更多休息时间，因此将幸子每周使用日间护理的时间增加到了3天。夏天开始，幸子使用日间护理的频率已增加到每周5天。可即便如此，也未能避免悲剧的发生。

"我最感到后悔的是，哪怕一天也好，自己没能将木村先生从家庭看护的痛苦中解脱出来。自己为何没能找到合适的护理机构呢？但是，机构方面也并无过错，因为人手不足、等待入住的人数众多等缘故，拒绝入住也是无奈之举。"

我们与之前曾拒绝幸子短期入住的机构取得了联系，大多数都拒绝了我们的采访。不过，其中有一家机构的负责人边露出苦涩的表情，边这样对我们说道：

"许多申请者都这般拜托我们，'就算是一天也好、一周也好，请允许我们入住吧'。我们也想让大家入住，但是有时不得不因患者的病症而婉言相拒。就我们这儿来说，夜间值班的工作人员一人要负责近20名患者。如果是在夜间吵闹、走动的患者，真的就算一晚也无法让其入住啊。"

可见，当时身心俱疲、陷入绝境的茂，并非看护者中的特例。在采访中，白石向我们强调了一件事。

"经历那起案件后，我察觉到，在我所负责的看护家庭中，也有不少人因看护而疲劳，陷入危险的状态。作为看护援助专员，如果我和同事们能够更耐心地倾听当事人的烦恼就好了，但是遗憾的是，我们并没有这么多时间。"

白石常年需要负责超过30例有护理需求的个人及家庭。如果在一个家庭上花去了过多的时间，就没法照顾到别的家庭了。仅仅是每月1次的家访及护理方案等文书的制作，就已经让援助专员们应接不暇了。

白石曾亲眼看着茂陷入绝境，但是作为看护援助专员，仅仅依靠她的力量，是无法预防悲剧的发生的。

"要想预防悲剧的发生，需要行政机构等方面介入，采取措施，制定相关制度，在紧急情况下让当事人及时入住护理机构。我们也在努力，但是国家及行政机构方面也应该为家庭看护提供更多保障和支持。"

2013年11月17日，距案发已过去一年有余，白石在姬路市内偶然与茂相遇了。自案发不久前的8月16日的家访以来，这是白石与茂的首次见面。

"那时候真的麻烦您了。"

茂走近白石身旁，露出抱歉的神情，深深地向她鞠了一躬。此时的白石内心悲痛欲绝。真正需要道歉的人是我啊，什么都没能为你们做……

医生察觉到的征兆

在兵库县西部的山间，有一座新兴小城，我们要寻找的那家医院正坐落在此地。医院楼宇采用了西洋建筑风格，使用了大量的木材，外观看起来像是一家高级宾馆，优雅又不失品味。

这里便是幸子曾经就诊的医院。过去，茂每个月都会从姬路市内开车一小时左右带着幸子来到此处。幸子当时的主治医生名叫林哲郎（40岁，化名）。

这位林医生是一名痴呆症方面的专家，同时在科研方面也颇有建树。作为幸子的主治医生，林医生与茂也打过交道。并且，他曾诊治过许多患者，接触过不少家属，相信他一定深知家庭看护的艰辛。我们想就茂的案件听听林医生的想法。

2016年1月15日下午4点左右，冒着阵阵寒冷的山风，我们来到了林医生工作的医院。

当采访被拒绝的可能性较高时，若直接拜访，采访成功的情况不在少数。出于这般考虑，我们未与林医生事先约定采访事宜。

问讯处的工作人员联系了林医生。当天的诊疗刚刚结束，在等待了约10分钟后，林医生出现了。

使我们略感吃惊的是，林医生比想象中要年轻不少。作为痴呆症方面的专家，林医生拥有丰富的临床经验，也是院内骨干，他不仅在本院接诊门诊病人，同时还定期前往位于大阪的大学开展科研工作。

林医生彬彬有礼地与我们打了招呼，随后我们将连载报道的复印件递给他过目，其中登载了茂的案件。林医生仔细地阅读完报道后，感慨颇深地对我们说道：

"木村先生现在还居住在原来的公寓内啊。不过，他看上去很精神，看到他积极面对生活的样子，我也放心了。既然木村先生本人都接受了采访，这般详细地追述了案件经过，我也没有理由不接受采访。"

林医生告诉我们，自己当天的时间并不充裕，遂与我们约定一周后在医院再会，到时可有充足的时间与我们交流。

到了约定采访的日子，我们如约来到林医生的诊室。他打开了诊室内的电脑，找出当时幸子的电子病历。他一边操作鼠标一边逐页阅读病历，慢慢拼凑起当时的记忆。

当阅读到某一页的时候，林医生突然停下了手上的动作。只见那一页的日期栏上写着"8月2日"。

"是这一天啊。现在想来，这可能便是木村先生发出的求救信号啊。"

——那一天，山间绿意盎然，蝉鸣声阵阵回响。而进入医院后，便仿佛踏入了另一片天地，静谧安宁。

2012年8月2日，茂独自一人拜访了林医生的诊室。距离他亲手夺去幸子的生命，正好还有20天。

此前，茂总是和幸子一起前来医院，然而这一天，茂趁着幸子去日间护理的时间，未经预约便来到了医院。

茂来到林医生的诊室，一坐下便如是说道："夜里妻子总是不肯睡觉呢。邻居们都有怨言了。我真的很痛苦。到底该怎么办好呢……"

茂说着说着，眼泪便扑簌扑簌地往下掉。

林医生担任幸子的主治医生已有近1年时间，这是他第一次见到茂的这般举动，不禁为之一震。在平时的工作中，林医生遇见过不少患者家属，嘴里时常抱怨着"我已经到极限了，没法继续看护了啊……"但他从未从茂口中听到过任何泄气话。

当时在林医生眼前软弱无助地流着泪的茂，与之前相比仿佛完全变了个人一般。

"一定要说的话，此前木村先生给我的感觉是一个坚强刚毅的人，始终坚持由自己来看护妻子。因此，那一天木村先生哭泣的样子给我留下了深刻的印象。"

那一天，林医生为幸子更换了一种处方安眠药，比之前的药效更强力且持久。据他所述，一般情况下很难判断哪一种安眠药对患者最有效。若服用了强效的药剂，有时候患者会一觉睡到中午，到了晚上便又难眠。根据患者体质不同，药效也有不同。有时有些药即使最初见效，但渐渐也会失去功效。

"其实应该循序渐进地调整处方，但是因为木村先生这般无奈地向我哭诉着妻子无法入睡带来的痛苦，我便直接给木村太太换成药效强力持久的安眠药了。"

那时候，茂还对林医生这般说道："看护援助专员和我的孩子一起说服了我，目前正在寻找能够让幸子入住的护理机构。"

"在找到合适的护理机构之前，根据实际情况继续调整安眠药的种类，让木村太太夜能成眠，总之先把这段时间克服过去。"林医生这样鼓励着茂，茂闻言情绪稍稍缓和，遂离开了诊室。

事实上，此前不久，林医生便察觉到了茂言行举止间的细微变化。首先，进入7月后，茂向他询问："除了每月一次的诊疗日之外，其他日子我也能来您这儿吗？"

此后，在7月31日这一天，未事先预约的茂便独自来到了医院。

"幸子夜里总是要起床，我感到很困扰。"

茂向林医生倾诉了自己的烦恼后，便回了家。

随后，在8月2日这一天，茂又在未预约的情况下来到了诊室，向林医生哭诉自己的痛苦无助。

5天后的8月7日是幸子前来诊疗的日子。茂与幸子一起来到了林医生的诊室，当时的茂神情稍显柔和。

"换了药后，幸子总算是能稍稍睡一会儿了。"

听到茂这么说，林医生感到自己肩上的担子稍稍减轻了一些。病历上如是记载道：

"患者已能够入睡。晚上20点入睡，凌晨3点起床。很难再推迟患者入睡的时间。（略）有时候患者睡到一半醒来后仍能继续入睡。"

林医生对茂说道："目前木村太太情况不错，我们以后也一起加油吧！"随后为幸子预约了一个月后的诊疗，便目送着木村夫妇离开。

没曾想，这一天竟是林医生最后一次见到木村夫妇了。8月27日，警方来到医院向林医生了解情况，他才得知了案件的发生。

案发11个月前，2011年9月16日，这一天茂与幸子首次拜访了林医生。

当时茂向林医生介绍了此前的求医经过，在幸子的举止出现异常后，茂带着她拜访了姬路市内医院的精神科，

【プログレスノート】2012/08/07(火) 14:17
01版：2012/08/07(火) 14:17 医師）███ ██
作成：2012/08/07(火) 14:17 作成者：医師）███ ██
(S)
睡眠はとれている。
夜20時に寝ると3時に起きる。
もう少し遅く寝るようにしたいがしにくい。
22時ころ起きてぐずぐず言っているとその時点でテ
機嫌により、中途覚醒あるも再入眠する。
中途覚醒時に機嫌を評価
【再診予約・他科診】2012/09/04(火) 14:00－14:3█
版：2012/08/07(火) 14:27 医█

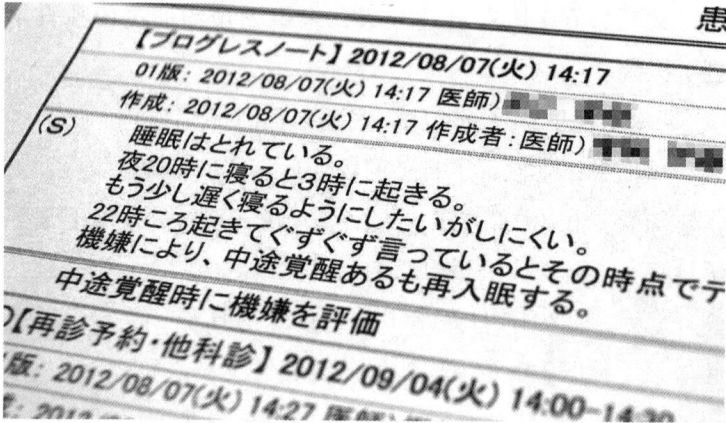

2012年8月7日，茂与幸子最后一次就诊时的病历资料。此次就诊距离案发仅2周时间。

但是当时幸子只是被诊断为抑郁症。此后她的症状也完全没有好转的迹象。

有时候幸子会想不起茂的名字，有时候即使茂就在自己眼前，幸子仍然嘟囔着"给孩子他爸（茂）打电话吧"。渐渐地，幸子走路时的步伐也变得沉重起来。

有一天，茂在报纸上看到了林医生撰写的专栏，得知他是一名痴呆症方面的专家。茂像是看到了希望，立刻驱车赶到了林医生所在的医院。

幸子的症状很严重。还表现出了弗雷戈里症状，也就是将茂完全当成了其他人。弗雷戈里症状之名取自以变装著称的意大利喜剧演员的名字，本意指的是妄想症状，常见于痴呆症及精神疾病患者。

经林医生诊断，幸子患上了痴呆症。并且，幸子的病情较为罕见，还并发帕金森病的症状。

一般而言，林医生的专长是根据患者的症状及相关检查结果判断其是否患有痴呆症。一经确诊后，林医生会与患者的家庭医生取得联系，患者此后会去往离家较近的医疗机构接受后续治疗。

但是，就幸子的情况而言，即使家离医院较远，林医生也要求幸子定期前来医院，并亲自担任幸子的主治医生，负责她的诊疗和康复。

"对于病情特殊或深受病痛困扰的患者，有必要进行密切随访。木村太太患有重度精神障碍，病情特殊，因此决定让其定期来医院接受康复治疗。我也感到木村先生的负担较重。"

康复治疗指的是，通过人际交往等各种活动对患者的脑部形成刺激，以减缓痴呆症的进展，改善其症状。

林医生还为茂和幸子制作了"联络手册"。其原理就如同大学研究组中曾实践过的交换日记活动，使患者与家属、专科医生、家庭医生、看护援助专员之间实现信息共享，以取得更好的疗效及看护体验。林医生对诊断结果及随访情况进行了记录。

然而，幸子的症状仍在不断进展。被确诊为痴呆症半年后的2012年春天，幸子所表现出的"大声怒吼""夜不能眠"等症状愈发严重。

案发前约3个月，即当年5月，幸子的病情又有进展，她有时会在半夜向茂提出"带我去散步吧"。有时会频繁地上厕所。基于这些症状，林医生便开始让幸子服用处方安眠药。

也是在这时候，茂向林医生透露了自己睡眠不足的困扰，还表示"安眠药对幸子并不起效"。

林医生对茂的情况感到担忧，于是使用由美国开发的Zarit看护者负担量表①对茂的情况进行了确认。该量表通过一系列针对看护情况及看护者对未来的不安感等内容的问题，由看护者选择最符合实际情况的选项，以此计算得分，评估家庭看护者所承受的负担情况。

茂的得分显示，他的情况并不算太严重。在林医生看来，茂理解并接受幸子的一切，积极地承担了看护的重任。

得知案件发生后，林医生坐在诊室浏览着幸子的病历，想到自己当时眼睁睁地看着茂走入绝路，深感无地自容。

"当时根本无法想象竟然会发生这样的悲剧。现在回想起来，案件发生前其实是有征兆的，茂也向外界传达了求救信号。他曾在非诊疗时间来到医院，还曾哭诉自己的无助。没能及时察觉到茂无法用语言表达出来的内心真实想法，我感到悔恨不已。"

据林医生介绍，对于痴呆症患者而言，能够在与家庭医生及看护援助专员进行信息共享的同时，接受专科医生的诊疗及持续随访，这样的情况并不多见。与众多痴呆症患者家庭相比，茂与幸子得到了来自周围的专业人士们更细心周到的支持。然而即便如此，也没能避免悲剧的发生。

_____

① Zarit看护者负担量表（Zarit Caregiver Burden Interview, ZBI）：该量表由Zarit等人于上世纪80年代发明，用于评估看护者的负担程度。目前该量表在世界范围内被广泛应用。它共有22个条目，包括角色负担和个人负担两个维度。每个条目按负担的轻重由0到4分5级评分。量表总分为0到88分，得分越高，说明看护者的负担越重。

"所以说，真的很难。当时究竟应该怎么做才能避免那起案件的发生呢？究竟应该怎么做呢？我每天都这样问着自己，寻找着答案。"

在对林医生进行采访约一个月后，2016年2月25日下午，从医院的窗户望去，山间的树木在寒风中微微摇曳。

在医院的某处房间内，共有8户家庭聚集在一起，这些家庭中都有身患痴呆症的家人，他们都是林医生的病人家属。

这一天，林医生将家属们聚集在一起，进行痴呆症症状进展的宣教，他边向家属们分发宣传册，边耐心细致地讲解着。

在对身患痴呆症的家人进行看护的过程中，看护者可能会因未曾预见的症状而不知所措，进而心生退意，为避免上述情况的发生，林医生对家属们进行了疾病相关知识的宣教。在座的家属分别讲述了各自的烦恼、对症状进展的不安，并在倾听与分享的过程中互相勉励。

自己所负责的患者家属犯下了杀人罪行——这是林医生内心永远无法弥补的伤痛。林医生看着眼前聚集在一起的患者家属，暗暗地下定决心，从现在开始，再也不能让那样的悲剧在自己的患者及其家人身上重演。

"不能让他再一次陷入孤立无援的境地"

"案发的时候正值8月，我已5度拜访姬路市政府了。然而，对方给出的答复是'我们也无能为力'，也不再倾听我的述说了。"

当时促成了我们对茂进行采访的民生委员吉田也深知

茂在案发前的无奈遭遇。当年 6 月，担任木村家看护援助专员的白石联系了吉田，表示"有一对夫妇因看护而陷入困境"，于是吉田便拜访了木村家。

作为民生委员的吉田，因工作需要常拜访独居老人，为其所面临的问题提出建议，并提供必要的帮助。而木村夫妇并非独居老人，因而吉田此前也未曾与其打过交道。

但是，听了白石的描述，吉田也感到不安起来。木村夫妇所面临的困境，包括幸子病症的进展、深夜时常发出怪声而导致邻居们的不满、无法寻找到合适的护理机构等，这些问题已超过了地方组织能够解决的范畴。

"当时的我想帮忙安抚一下木村夫妇邻居们的情绪，但是我认为，行政机构应该为这对走投无路的夫妇提供一些帮助。"

当时 66 岁的吉田来到了市政府下属负责护理保险的部门，反映了相关情况。据吉田所述，工作人员反复说明："由看护援助专员所负责的事项并非我们的管辖范围，无法予以回应。"

在吉田家得知这一情况后，我们向姬路市相关部门的工作人员了解情况。

"因为没有留存记录，我们也不清楚当时工作人员到底是如何与吉田先生进行沟通的。但是，一般而言，对于由家人在家里全力进行看护的家庭，很难判断行政机构应该介入到何种程度。如果发生虐待等情况，我们能够立刻介入，但是木村家的情况却是丈夫尽心尽力地看护着妻子，对于这样的家庭，至今还未有行政介入的制度。"

除了吉田的证言以外，我们已无从得知姬路市有关部门当时究竟是如何回应茂的诉求的。如工作人员所述，就目前而言，行政机构无法轻易出面解决方方面面的各种问题。

　　然而可以肯定的是，当地的自治体在案发前就已了解了木村家的困境，却未能作出有效反应，阻止悲剧的发生。

　　吉田认识为痴呆症患者提供护理服务的机构管理者，于是前去咨询是否能让幸子入住。对方表示"总之，先让家属提出申请吧"，于是吉田向茂提出"我们一起去与对方面谈吧"。

　　"然而正当要与对方敲定面谈日期的时候，悲剧却发生了。早知这样，就算强制也好，即使茂会生气，我也应该采取措施，让木村太太尽快入住机构啊。一想到这里，我就感到悔恨不已。我深切地感受到，自己的力量是多么微小。"

　　吉田担任民生委员以来已有约30年的时间，他语气平稳地叙述着这一切，但脸上却写满深深的悔恨与无奈。

　　吉田表示，自己至今也无法忘记案发一周前拜访木村家时所看到的茂的表情。

　　"当时茂的脸上仿佛戴了能面①一般，神情空洞，看不出是喜是悲。不知是静静地发着呆呢，还是已筋疲力尽了呢。茂在接受《每日新闻》采访的时候我也在场，才得知

----

① 日本古典戏剧"能乐"用的面具。一张面具能包含所有的喜怒哀乐，难以琢磨。

了他案发前带着妻子深夜兜风的事。这般疲劳无奈的生活，换作任何一个人，都会受不了的吧。"

2013年3月，在法庭对茂宣布缓刑判决约1个月后，吉田下定决心前往茂家拜访。面对吉田的到访，茂面露窘色，吉田压抑着内心的波澜，只说了一句："发生了这么多事，真的难为你了。"

自那以后，吉田每周都会拜访一次茂的家。在玄关前与茂进行短暂的对话，有时会聊聊天气，有时会聊聊茂喜欢的阪神老虎队①。

就这样过去了3个月，一天茂主动对吉田说："进来坐坐吧。"吉田进屋后，看见墙上贴着不少夫妇俩的照片，他不由心下泛酸，感慨万千。

过了一年后，吉田邀请茂参加每月一次的地方交流活动。茂表示"那就照你说的试试看吧"。过了不多久，茂便开始参加活动了。

吉田眼神柔和地看着我们，在采访的最后这样总结道：

"我深知，木村先生内心的伤痛永远也无法愈合。但是，我们地方组织必须守护他。不能让他再一次陷入孤立无援的境地。"

来自看护一线的苦恼

在姬路市杀害痴呆症妻子的案件中，看护援助专员、

---

① 即阪神老虎棒球队，是日本职业棒球队，总部设在甲子园西宫（位于日本兵库县）。

主治医生、民生委员都分别在案发前察觉到了"征兆"。然而，要在察觉"征兆"的基础上作出有效应对又是何其困难，对于看护方面的专业人士而言，该案件相关人士的证言应该是宝贵而又沉痛的教训吧。

事实上，在家庭看护的一线工作中，时常能感受到相似的危险"征兆"。尤其是对于每月进行一次家访的看护援助专员而言，应该能够敏锐地察觉到看护家庭所面临的危机。

看护援助专员们对其所负责的家庭究竟有着怎样的认知呢？我们对此做了进一步的调查，但是却无法找到已有的面向看护援助专员的相关问卷调查结果，尤其是针对家庭看护现状及被看护者家人的苦恼所作的调查。

就在那时候，我们发现了一个名叫"看护管理在线(Care management Online)"的网站。该网站旨在为看护援助专员们提供信息，曾数次以其会员即看护援助专员们为对象，进行在线问卷调查。

该网站由位于东京的看护及保健事务公司"网络无限(Internet Infinity)"（东京都中央区）运营管理，在全国共计约16万名看护援助专员中，共有约8万人在该网站进行了会员登录，相当于专员总人数的一半，规模为全国最大。

不知能否对使用该网站的看护援助专员们进行问卷调查，来解答我们心中的疑问呢？2016年1月20日，我们从大阪乘坐新干线来到东京，拜访了"网络无限"公司总部。

该公司的负责人对我们所构想的问卷调查的主旨表示了理解，并很快接受了我们的提议。随后，我们便一起对问题的设置进行了探讨。

1月28日至2月3日期间，我们在"看护管理在线"网站上开展了问卷调查。

问卷包括针对家庭看护人群的现状及理想的援助方法提出了15道选择题，同时还包括可供自由回答的问答题。本问卷调查是业内首次向看护援助专员了解看护家庭现状，在全国范围内收到了共计730名看护援助专员的回答（男性286人，女性444人）。

两天后，"网络无限"公司对所有的回答进行了整理。结果显示，情况比我们预想的更为严重。

首先，有55％的回答者表示，在至今所负责的居家看护家庭中，"如果发生了故意杀人或共同自杀事件也不会感到惊讶"。

其次，有93％的回答者表示"曾感到看护者身心俱疲，无奈绝望"。调查显示，在全国范围内有相当数量的人群因家庭看护而深感苦恼，而这一点也被看护援助专员们看在了眼里。

随后，这93％的回答者列举了因看护而陷入绝望状态的看护者年龄层（多选），结果显示，"60多岁"（61％）占比最多，其次是"70多岁"（52％）、"50多岁"（49％）、"80多岁"（31％）。

看护者的何种表现令人感到他们已陷入绝望状态了呢？（多选）面对这一提问，回答依次如下："对被看护者施以言语或行为暴力"（59％）、"因睡眠不足而困扰"（54％）、"情绪低落、不爱说话、笑容减少"（51％），"经

看护者的何种表现令人感到他们已经陷入绝望状态了呢?(多选)

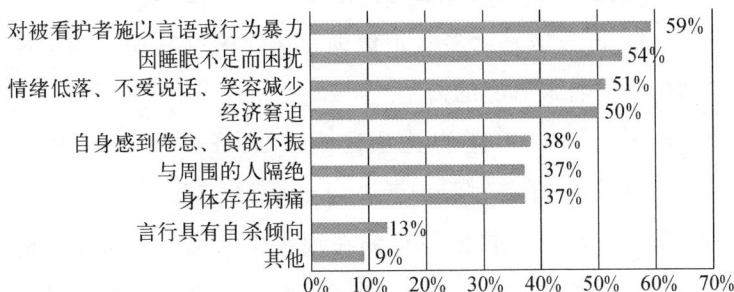

选项	百分比
对被看护者施以言语或行为暴力	59%
因睡眠不足而困扰	54%
情绪低落、不爱说话、笑容减少	51%
经济窘迫	50%
自身感到倦怠、食欲不振	38%
与周围的人隔绝	37%
身体存在病痛	37%
言行具有自杀倾向	13%
其他	9%

0% 10% 20% 30% 40% 50% 60% 70%

对陷入绝望状态的看护者,怎样的援助是必要的?(多选)

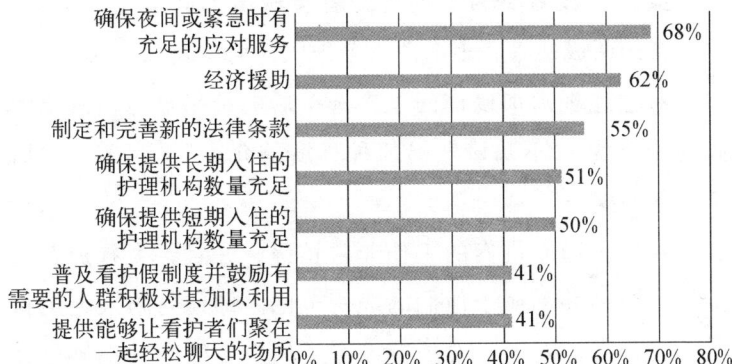

选项	百分比
确保夜间或紧急时有充足的应对服务	68%
经济援助	62%
制定和完善新的法律条款	55%
确保提供长期入住的护理机构数量充足	51%
确保提供短期入住的护理机构数量充足	50%
普及看护假制度并鼓励有需要的人群积极对其加以利用	41%
提供能够让看护者们聚在一起轻松聊天的场所	41%

0% 10% 20% 30% 40% 50% 60% 70% 80%

济窘迫"也占到了50%。

对陷入绝望状态的看护者,怎样的援助是必要的? (多选)面对这一提问,共有68%的回答者选择了"确保夜间或紧急时有充足的应对服务"这一选项,占比最高。

在护理保险所提供的服务中,对夜间上门护理、短期入住等短期护理项目也作出了规定。但是实际操作中,由于费用、机构人手不足等问题,紧急时能够使用的服务并不充足。

就算是短期入住也无妨，总之，必须要让看护者能够好好休息——这是众多看护援助专员在家庭看护一线所体味到的看护者最真实的需求。

此外，占比较高的选项还有："经济援助"（62%）、"制定新的法律条款对看护者进行支援"（55%）等。

那么，当看护援助专员们在现实中与陷入绝望状态的看护者面对面的时候，他们到底能做些什么呢？调查结果显示，要为看护者提供帮助并非轻易之举。

虽然多数专员为帮助看护者会做出不同程度的努力，但也有约两成回答者表示"不会采取任何措施"。

对上述理由加以询问（多选）后的结果显示，占比较高的选项为："不知该做出何种程度的介入"（54%）、"居家服务的缺失"（43%）。

看护援助专员们的工作非常忙碌，并且，为看护者直接提供帮助并不属于他们的职责范围。即使与陷入绝望状态的看护者面对面，看护援助专员们也不能为其提供充分

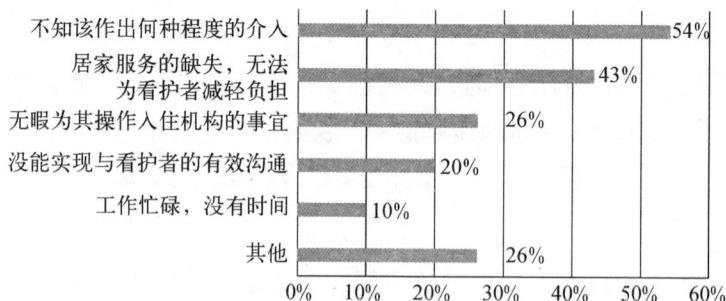

对陷入绝望状态的看护者"不会采取任何对策"的理由(多选)

理由	百分比
不知该作出何种程度的介入	54%
居家服务的缺失，无法为看护者减轻负担	43%
无暇为其操作入住机构的事宜	26%
没能实现与看护者的有效沟通	20%
工作忙碌，没有时间	10%
其他	26%

的援助，权限也不足。

在自由回答的单元内，回答者们列举了自己在家庭看护一线的工作中所感到的各种问题，并提出了自己的意见。也有回答者表示，自己所负责的家庭中发生过共同自杀或故意杀人案件。

一名60多岁的女性专员表示，曾有一名丈夫在对患有痴呆症的妻子进行家庭看护的过程中不堪重负，最终自杀。此前，丈夫有因看护疲劳而产生精神不稳定的情况，这户家庭积极使用了上门护理、日间护理等服务，夫妻二人努力让自己不处于孤立无助的状态。

并且，看护援助专员曾怀疑这位丈夫患上了抑郁症，也劝其家人带其前往精神科就诊。然而，这一切的努力未能阻止悲剧的发生。每次前去家访的时候，从丈夫的话中可以得知，他周围并没有能与之协商、倾诉的人。

"这是最坏的结局了。我总是想着当时自己是不是还能做些什么，这起案件给我带来的心理创伤至今未能愈合。"

一位拥有10年以上工作经验的50多岁的女性看护援助专员表示，自己曾经历过一起儿子将母亲杀害的看护杀人案件。

案发前，母子俩共同生活，儿子全心全意地看护着母亲，并且表示"希望由自己在家对母亲进行家庭看护"。然而，某一天，看着母亲渐渐衰弱的样子，儿子既怜悯又心痛，为让母亲能够彻底解脱，他捂住母亲的口鼻，将其杀害。

这位女性在问卷中这般写道：

"在这起案件中，周围的人都以为儿子已经习惯了看护生活。我认为应事先让儿子更多地了解母亲日后可能出现的症状和病情进展，让他能做好心理准备，这一点非常重要。同时，也有必要向家庭看护者宣教如何合理应对心理危机。"

在上述看护痴呆症妻子的丈夫自杀案件中，当事人最终保住了性命。事后，当事人不堪重负，现已将妻子送入短期护理机构接受照顾。

然而，这对夫妇经济状况拮据，没有足够的钱维持入住护理机构的费用。"虽然感到很遗憾，但我也束手无策。此前也寻求了民生委员及生活保护课的帮助，但仍然无法解决问题。"这位援助专员这般叙述道，字里行间透露着无奈。

一位40多岁的男性看护援助专员表示，看护者陷入绝望状态的原因之一便是贫困。

他指出："对于经济拮据的家庭来说，要想让家人入住护理机构或是使用短期入住服务都是比较困难的，看护者的经济负担也会因此增大。有些家庭距离接受生活保护金的标准还差一点点，但以手头微薄的收入根本无力维持入住机构所需的开销，此类人群承担的看护压力最大。"

这位男性的回答揭示了看护现状中残酷的一面。对于有护理需求的家庭而言，即使使用了护理保险仍需支付自付部分。护理机构收费较高，仅靠退休金便能覆盖所有费用的机构少之又少，即使有也几乎没有空床位，入住更是难上加难。即使是应对紧急状况的短期入住服务，也很难顺利使用。

看护援助专员针对如何给予看护者援助提出的意见
（摘自《每日新闻》调查问卷）

年龄性别	工 作 年 限	
30—39岁 女性	1年以上，未满5年	有时看护者不懂看护方法，做着无用功。应对看护者提供必要的培训。
30—39岁 男性	1年以上，未满5年	垂直领导的行政方式存在问题。应让护理事务所的同僚联系起来，共同解决地方问题。
30—39岁 男性	10年以上，未满15年	应扩大看护援助专员的职责权限。很多情况下即使想对看护者提供援助也无计可施，深感无能为力。
30—39岁 男性	1年以上，未满5年	针对20多岁的年轻看护者们的理解和援助制度缺失。很多这一年龄层的看护者会因与同龄人的处境不同而感到烦恼。
40—49岁 女性	5年以上，未满10年	如果经济状况良好的话，看护者可以使用保险以外的服务。但是对于经济拮据的家庭而言，情况严峻。
40—49岁 男性	10年以上，未满15年	周围的邻居即使察觉到看护者出现异样，也未能及时与相关部门取得联系。应对一般居民进行看护相关内容的宣教。
40—49岁 女性	5年以上，未满10年	虽然护理保险的自费部分仅为一成，仍有许多家庭感到经济负担重。对于依靠国民退休金生活的民众而言，经济并不宽裕。
40—49岁 男性	5年以上，未满10年	应建立以地方的民生委员为中心的随访制度。若没有一定程度的强制措施，很难开展此后的工作。
40—49岁 女性	5年以上，未满10年	在紧急情况下，缺乏必要的应对服务。紧急短期入住徒有其名，手续繁杂，难以使用。

年龄性别	工 作 年 限	
40—49岁 男性	5年以上， 未满10年	护理需求认定未能给出符合实情的结果，有些有护理需求的人不能得到必要的服务。
40—49岁 女性	5年以上， 未满10年	经济窘迫的家庭面对的现状更为严峻。那些距离接受生活保护金标准还差一点点的家庭承担的压力巨大。
40—49岁 男性	5年以上， 未满10年	能够提供良好服务的事务所几近缺失。看护者只能以"无论如何不能把家人交由他人看护""由自己来看护是最合适不过的"等理由说服自己，孤立无援地继续看护生活。
40—49岁 男性	15年以上	男性看护者的家务经验较少，与他人的交流也较少，独自承担一切。
40—49岁 女性	5年以上， 未满10年	有时候，不善人际交往的看护者因缺乏交流与商量对象而感到走投无路。护理制度复杂，令人难以理解。
40—49岁 男性	10年以上， 未满15年	由于人手不足，事务所关闭，无法提供充足的服务。对看护者进行援助的体制正在崩塌。
50—59岁 女性	1年以上， 未满5年	若能提升护理人员待遇，以提高工作热情，便能与看护者更轻松地交谈，看护者也能更简单地提出减轻负担的诉求。
50—59岁 女性	15年以上	自己也想更多地倾听看护者的诉求，但是目前要负责超过30个家庭，没有多余的时间。
50—59岁 女性	10年以上， 未满15年	看护者自身也有自尊，很难直言自己的无助。对于援助专员来说，没有多余精力在工作中捕捉蛛丝马迹、察觉问题并予以有效应对。

年龄性别	工作年限	
50—59岁 男性	5年以上， 未满10年	看护者面临困境的时候，即使向行政机构求助，后者也无法介入，这一点令人深感无奈。最终只好由护理事务所出面，带着善意和责任感勉强应对。
50—59岁 女性	10年以上， 未满15年	看护者被自身强烈的责任感和自尊心逼入绝境。有时候连相关机构都不知情。
50—59岁 男性	15年以上	对于拒绝接受护理服务的人群，应采取何种制度或方法（救济）是个值得思考的课题。
50—59岁 女性	10年以上， 未满15年	行政机构窗口双休日及节假日不开放。而看护援助专员则24小时全天候地独自面对所有问题，没有可以倾诉的对象。
50—59岁 女性	5年以上， 未满10年	应对家庭看护者发放类似"看护援助金"的慰问金。
50—59岁 男性	1年以上， 未满5年	护理保险制度中所规定的看护援助专员的权限有限，实际工作中常因事务处理及事前手续等忙得焦头烂额。
50—59岁 女性	5年以上， 未满10年	作为看护援助专员，在工作中接触了形形色色的人，有不少人拒绝接受援助，对此感到震惊。
50—59岁 女性	5年以上， 未满10年	由于信息或相关知识的缺乏，有些家庭会认为"看护这样的事谁都能完成"，然而实际做起来才意识到困难重重，这样的例子并不少见。
60—69岁 女性	5年以上， 未满10年	如果把家人交由他人看护的话，会被认为是不孝顺、无情无义、自私自利等，社会上形成了这样的风潮，这也是将看护者逼入绝境的原因之一。

年龄性别	工 作 年 限	
60—69岁 女性	5年以上， 未满10年	不少人并不想接受超过限额的服务。虽然那也是看护援助专员的职责所在，但有时候也因此感到努力落空，沮丧不已。
60—69岁 女性	1年以上， 未满5年	以目前的制度而言，无法减轻看护者身心的负担以及经济上的压力。更多的是制约了看护者。
60—69岁 女性	15年以上	很多看护者表示，只要有人能倾听自己的抱怨和苦恼，就能很大程度地缓解压力。对看护家庭进行心理援助是相当有必要的。
60—69岁 女性	1年以上， 未满5年	看护能力的缺失。夫妻关系、亲子关系不佳，不愿照顾家人，这种情况也不少见。

日本已成为超高龄化社会，"老后贫困"成为了严重的问题。对于勉强维生的家庭而言，即使面临看护问题也无法使用护理机构，只好在家中不断坚持、挣扎着生活。

很多意见指出，对看护者进行心理援助是很有必要的。

一位50多岁的女性表示："看护者的孤立无援是引发案件的重要原因。正是那些努力进行看护的人才更容易产生绝望的倾向。对于看护者而言，应有听其倾诉的对象，也要有自己支配的时间，这样才能在心理上有更多的空间去面对看护。更重要的是，现在的社会普遍有这样一种认知，当个体产生看护需求时，必须由其家人来完成，这一认知应加以改变。"

本次问卷调查，以在看护最前线工作的看护援助专员们为对象，针对看护家庭的现状、援助的举措等进行提问，受到了护理问题专家及护理业界的广泛关注。

将看护家庭与护理服务衔接起来的，正是在一线工作着的看护援助专员们。他们眼中所反映的看护家庭的现状，在本问卷的自由回答单元内得到了充分的展现。

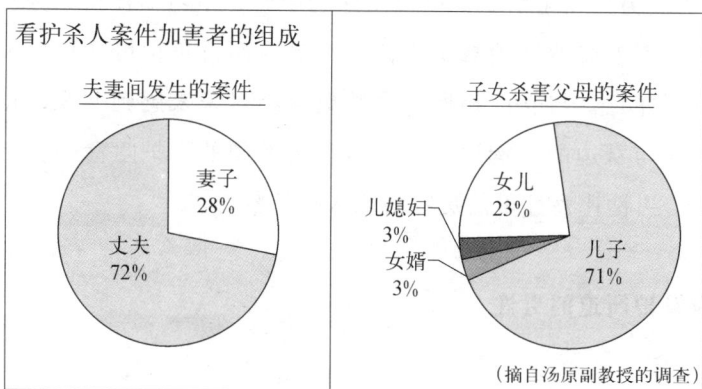

看护杀人案件加害者的组成

夫妻间发生的案件

妻子 28%

丈夫 72%

子女杀害父母的案件

女儿 23%

儿媳妇 3%

女婿 3%

儿子 71%

（摘自汤原副教授的调查）

应当如何预防看护杀人及共同自杀的发生？

为寻找上述问题的答案，我们进行了此次问卷调查，随后从看护者援助团体等处得知了一项意味深长的事实。那便是"男性在看护过程中更容易陷入绝望状态"。

日本福祉大学的汤原悦子副教授对这一现象展开了研究，并对研究结果进行了整理。

根据第三章所述，汤原副教授以新闻报道的资料库为基础，对1998年至2015年的18年间发生的看护杀人案件进行了统计。在对所有案件加害者的性别进行统计后发现，有约七成的加害者为男性。

根据厚生劳动省2013年进行的全国调查可知,进行家庭看护的看护者中约七成为女性,而加害者中女性与男性的比例却恰恰相反,性别的过度失衡使得这一现象已不容忽视。我们不禁猜测,也许男性在看护过程中更容易陷入绝望状态。

汤原副教授作出了如下推测:

"男性在生活中一向以工作为中心,不习惯操持家务及育儿,若突然开始看护生活,对男性而言负担可能更显沉重。并且,与女性相比,男性更容易对未来感到悲观,也更少与身边的人沟通交流。若辛苦无望的看护生活一再持续,男性比女性可能更容易陷入抑郁状态。"

为看护所迫的男性

那么,现实中因看护而陷入绝望状态的男性究竟抱有怎样的想法呢?

我们走访了一个为家庭看护者提供精神援助的团体,在那里能够与实际为看护所迫的男性进行直接交流。

2015年7月30日,我们正在位于神户市JR三之宫站前的咖啡店等人,不一会儿,只见渡边良夫(82岁,化名)拄着拐杖步入店内,他正是我们当天要采访的对象。良夫身穿裁剪精良的藏青色外套,戴着一顶白色帽子,一派绅士模样。

良夫落座后,从包里的文件夹内取出一张A4大小的纸。为接受我们的采访,良夫提前在电脑中将自己的看护经验整理成年表，并打印出来。

　　一般很少有人会为了采访做如此细致的准备。此时的良夫给我们一种循规蹈矩、一丝不苟的感觉。

　　"我从以前开始就喜欢把什么事都记下来。开始看护生活后，我也每天记着日记。"

　　"您做事真的非常一丝不苟啊。"

　　"不不，也许正是因为这样看护才会失败。我以为看护就和工作一样，只要认真努力就能圆满完成，事实证明那是我的误解啊。"

　　良夫腼腆地说着。随后他喝了一口服务员端来的冰咖啡，开始叙述起自己的看护经验。

　　事情要追溯到约8年前，2007年，良夫的妻子美智子（化名）被确诊患有阿尔茨海默症。患病后的美智子变得连上厕所也无法独立完成。当时74岁的良夫便开始了独自看护妻子的生活。

　　看护开始后不久的一天，美智子因没能及时如厕，身上被大便弄脏了，良夫正准备给美智子洗澡，她却手脚乱动非常不配合。良夫见状，手猛然一挥，朝美智子的脸上重重打下，然后带着她去了浴室。

　　"以那件事为开端，当我在看护过程中遇到不顺的时候，我就会对美智子施以暴力。在美智子患病之前，我从未对她动过手，当时的自己可能已经失去理智了吧。"

　　患病后的美智子，有时会在家中徘徊，有时会咆哮着说些意义不明的话，看到妻子这样，良夫变得愈发烦躁焦虑起来。面对妻子的异常举止，当良夫感到自己的怒气即将爆发的时候，便跑进没人的房间里，"啊——"地大声喊叫，直到自己情绪稳定为止。

"家里只有美智子一个病人，但实际上我和她两个人都会在家中大叫。那时简直如同生活在地狱里一般。"

良夫在退休前曾在建筑公司工作了约40年。作为现场监督的良夫曾管理着几十名部下。良夫在工作中一丝不苟、力求完美，为保障职工安全，始终恪守流程完成工作，这是良夫所坚守的信念。

"刚开始看护美智子的时候，我很有自信，认为只要像工作时一样一丝不苟就能做好看护。那时候我制订了详细的每日计划和日程安排，按照自己的计划进行看护。每天如此。"

然而，看护生活却并不像想象中那样顺利。有时候，美智子明明好好地穿着尿布，一早起来却发现秽物漏出来弄脏了床垫。深夜，疲劳的良夫刚要入睡，却因美智子发出的怪声而无法安眠。

在看护过程中各种令人措手不及的事不断发生，良夫不由感到，仅仅依靠计划和日程安排终归是无法应对一切的。渐渐地，良夫对美智子越来越失去耐心，甚至暴力以对。

"那时候的自己脑子里时常一片空白。没有什么事能让我感到快乐，也无法思考。自己只是木然地看护着美智子，就这样度过每一天。周而复始的每一天。"

虽然良夫从未向任何人倾诉过自己的痛苦和烦恼，但良夫身上的改变并没逃过看护援助专员的眼睛。

"这样下去的话你会撑不住的。"

援助专员这般说服良夫，由于良夫经济状况良好，不多久就找到了合适的护理机构。美智子遂于2011年入住了护理机构。

良夫带来了一本A4大小的笔记本，其中记载着他当时的看护日记，但良夫犹豫着不愿打开。他表示，自己很害怕再回忆起当时的艰辛。

即便如此，在采访接近尾声的时候，良夫说着"就看一点点吧"，便将日记本递给了我们。我们快速翻阅了日记本。

"美智子不愿按我说的做，我很烦躁。使劲打了她。"

"1月3日，我用力摁住了她。新年伊始，我就做了不该做的事情。"

横向书写的日记每天只有寥寥四五行，但却写得工工整整、字迹娟秀。然而，日记中却不时可见书写潦草、胡乱涂抹的字迹，仿佛另一个人所写的一般。

经看护援助专员介绍，良夫参加了一个为男性看护者提供援助的团体组织的聚会，也因而让自己已接近崩溃的心灵得到了拯救。

"我一辈子以工作为中心，对于看护这件事也过于自信了，最终将自己逼入了绝境。我至今仍对美智子抱有深深的歉意。今后我也想借男性看护者聚会的平台，与更多的人分享自己的经验教训。"

现在全国各地都组织了面向男性看护者的聚会，参与者可以互相倾诉各自的烦恼、交流生活琐事等。位于大阪府东部、人口约12万的大东市，也有一个名为"阳光沙龙"的民间聚会。

大东市立终身学习中心，位于JR学研都市线①（片城线）的住道站前，在此中心的一处房间内，每月会举办一次"阳光沙龙"的聚会。

从下午1点开始，在2个小时左右的时间里，约10名看护者相聚于此，边吃着点心，边分享各自日常的琐事和烦恼。新年聚会等重要节庆场合，他们还会在白天喝酒、唱卡拉OK庆祝。

2015年9月14日这一天，大约10名男性看护者又相聚于此，吃着点心喝着茶，一边聊着天。

参与者之一的鹫尾良孝（68岁）也深受看护困扰，为寻求帮助而来到了这个聚会。2003年的时候，妻子悦子（64岁）因脑溢血而一病不起，此后良孝便开始了在家看护妻子的生活。

"自己此前从未有过做家务、照顾病人的经验，一下子要担负起家庭看护的重任，感到压力巨大，最终陷入绝望状态。"

悦子病倒后，便一直卧床不起。此前一年半左右的时间都在住院，但她本人想回家的意愿非常强烈，于是良孝便带着她出院回了家。

当时57岁的良孝此前在餐具销售公司工作了约30年时

---

① 连接大阪市及京都府南部的一条铁路线。

间，但为照顾悦子，还没到退休年龄的他便不得不离了职，来到一所负责清洗超市购物篮的公司干起了兼职工作，以此确保自己有充足的时间看护妻子。

在悦子使用日间护理及上门护理服务的时候，良孝便外出工作，下班回家后则继续看护悦子，每日如此往复。然而，对于不擅家事的良孝而言，准备餐食、清洗被秽物弄脏的衣物和床单等家务活干起来并不轻松，他每天都忙忙碌碌、精神焦虑。

深夜，良孝还要一次次地陪同悦子上厕所，睡眠不足的问题也逐渐加重。有时良孝实在撑不住了，只好在公司打起盹，勉强维持体力。

"我的工作只有每周日休息，然而每周唯一休息的这一天还要操持家务、看护妻子。自己的生活被工作和看护完全占据，丝毫没有自由时间。因为这样疲劳无休的生活，我已筋疲力尽，那段时间自己对悦子也失去了耐心。我甚至觉得'悦子就算死了也没关系'。"

2010年6月，经看护援助专员的劝说，良孝第一次参加了"阳光沙龙"的聚会。他发现，参与聚会的男性都深受看护及家务的困扰。

"在聚会上与大家分享了自己的困扰和痛苦后，有一种拨云见日的感觉，心情一下子畅快了。原来并不是只有自己一个人，大家都在经历着相似的痛苦。"

良孝从事过餐具销售工作，与人打交道对他而言并非难事。但即便如此，在此前深受看护困扰时，良孝也从未向亲朋倾诉过只言片语。

"对于男性而言，要向他人提及自己的弱点、倾诉烦恼，并不是一件容易的事啊。'阳光沙龙'的参与者都是这样。但是，家庭看护有时候实在是一件非常辛苦的事。独自一人承担一切的话会坚持不下去的。从看护生活中稍稍逃离一会儿，和同伴一起聊聊天、发发牢骚，真的非常有必要。"

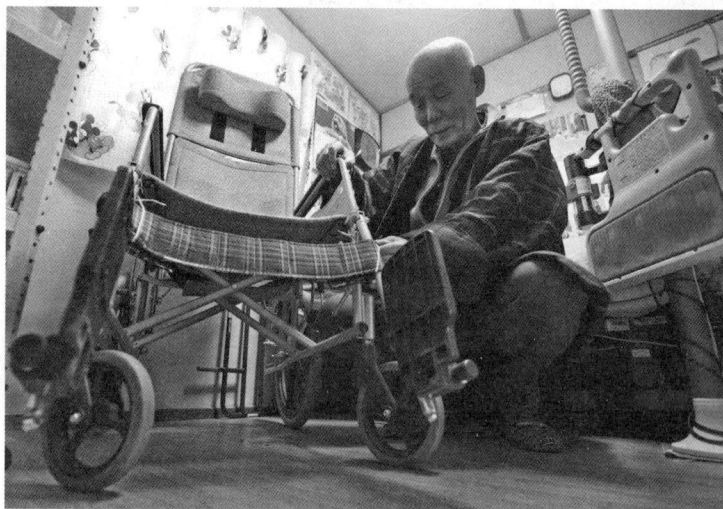

鹫尾良孝在自家调整妻子悦子使用的轮椅。鹫尾在参加了男性看护者聚会后重新振作了精神。悦子房间的墙壁上贴了好几张孙子的照片。（摄于2016年2月）

这般向我们述说着自身经历和想法的良孝，目前正以"阳光沙龙"代表的身份运营聚会，旨在为更多男性看护者提供支持。

作为男性看护者聚会的先驱，1994年于东京都成立的

"荒川区男性看护者聚会"（俗称"老爷子聚会"）便是一例。平日里过着看护生活的会员们每月相聚一次，分享各自的烦恼、互相勉励。

此外，越来越多为看护家庭提供援助的组织及行政机构开始举办仅面向男性看护者的交流会。位于大阪市住吉区的社会福利协会也于2011年1月开始，每月举办一次名为"温暖沙龙"的聚会，每次都有15人左右参与。

兵库县三田市的社会福利协会也曾于2011年举办了6次"男性看护者交流沙龙"，参与者共同学习烹饪技巧等，通过精心设计的一系列活动增进了彼此间的交流。此后，这一活动因参与者的努力得以延续，现以"悠哉伙计"为名每月举办面向男性看护者的聚会。

据看护者援助组织的工作人员介绍，也许是由于女性大多给人擅长看护及家务的印象，因此有女性参加的聚会大多男性看护者都不愿参与。但如果是仅面向男性的聚会，男性看护者们会感觉，一定有很多与自己一样的新手参加，更容易产生共同语言。也许是出于这样的原因，仅面向男性看护者提供援助的聚会现正日益增多。

无论性别，看护者都会因看护的艰辛而饱受困扰，有时也会因此身心俱疲。但是，根据对看护杀人案件中加害者的统计，男性较多这一事实也为悲剧的预防提供了重要的参考。

对于那些独自进行着家庭看护的人们，独自承担着所有痛苦的人们，如何打开他们的心扉，让他们体会到看护的价值，感受到陪伴家人的幸福？这并不仅仅是看护援助

专员及医生等专业人士的任务，更需要各地的援助者及有
相关经验的人士一道努力，为在家庭看护中苦苦坚持着的
人们，尽自己所能提供一切帮助。

第五章　苦恼与纽带

通过一系列的取材，我们接触到了许多正在进行家庭看护的人。

他们都有着各自的烦恼，每一天的生活中，身心都面临着巨大的挑战，而也正是这忙碌又细致的看护生活，使得家人之间的纽带更加牢固了。

"家人不在身边的话真的很寂寞"

原本放在桌上的直径约20厘米的陶制烟灰缸，冷不丁地朝自己飞来。来不及躲闪，烟灰缸重重地砸在了自己的小臂上。不多久，大片淤青浮现。

2015年8月31日。居住在大阪市住吉区的河村健（77岁）因剧烈的疼痛而神情痛苦，然而不一会儿，他又对妻子阳子（75岁，化名）露出了温柔的目光，仿佛什么事都没有发生过。

在那之前约一个月的时候，某天，正在客厅看电视的健突然感到额头一阵钝痛。他能感到血滴答落下。健回头一看，只见阳子正手持皮带站在自己身后。原来就在刚才，阳子挥鞭从后方甩起皮带朝健的头部打去，前端的皮带扣正中健的额头。健随即用毛巾擦去血渍，对阳子露出了微笑。

患有痴呆症的阳子从约1年前开始，在家中对健施以暴力。有时候阳子会毫无缘由地大声怒吼，拿起眼前的物品便向健扔去。有时还会张口咬健。

然而不一会儿，阳子又仿佛什么事都没发生过一般，怒意消散，一副怅然若失的样子。

"你的伤是怎么回事？"

事后阳子什么都不记得。

此前，阳子也曾用这个烟灰缸砸过健，当时健的伤情较重，肋骨出现裂缝。在被皮带打伤的时候健也去了医院，医生为他缝合了额头的伤口。

即便如此，健不曾试图制服发作时的阳子，也不躲避她的暴力举动。

"阳子只是生病了，她并没有坏心。就让她闹吧，直到她平静了为止。"

我们与健的初次见面是在2015年8月26日，正是住吉区男性看护者聚会举办的日子。健的右手臂被烟灰缸砸伤是5天前的事。

在2小时左右的聚会中，8位现在或过去是看护者的参与者按顺序发言，汇报各自的近况。

一位看护着痴呆症妻子的80多岁的男性说道：

"妻子的健忘非常严重。由于内心痛苦我已经瘦了2公斤。再这样下去的话我和妻子可能都无法坚持下去了。"

一位看护了高龄父亲近10年的中年男性也诉说了自己的烦恼：

"刚开始看护的时候我就被公司裁员了。自那以来，因为要看护父亲，便再没能找到工作。现在因购买尿布的费用、医院的治疗费等各项支出，经济压力很大。"

"现在妻子离家外出四处游荡的情况变得频繁起来了。"健随后也小声讲述起自己的现状。但见他身形瘦弱，脸上沟壑纵横，无不诉说着看护的艰辛。

聚会结束后，我们向健打了招呼：

"我们正对家庭看护者的现状及心声进行采访，能与您做进一步的交流吗？"

"这样啊。那我非常愿意聊一聊。我也想好好地倾诉一下自己的看护经验。"

9月2日早晨，为拜访住在住吉区的健，我们乘坐大阪市营地铁御堂筋线，到达了我孙子站。

我孙子站周边是住吉区的中心地带，商业设施及商业街林立。附近的大圣观音寺被称为我孙子观音，以消灾避祸而闻名，年初及立春时众多参拜客纷至沓来。

我们从我孙子站出发，步行5分钟左右，便来到了一处住宅区，这里一栋老旧的三层独栋住家便是我们的目的地。只见一楼装有卷帘门和自动门，似乎曾经做过店铺之用。写有"洗衣店"和"炸串酒馆"的一蓝一黄两块招牌

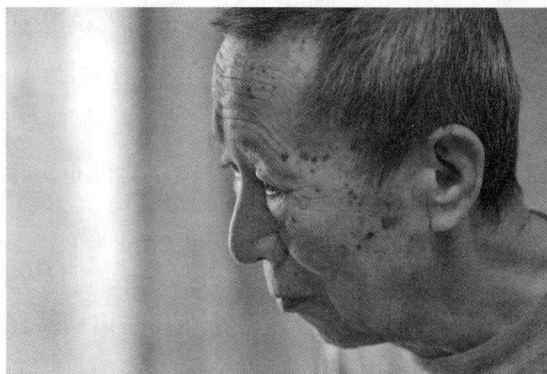

河村健用笑容包容、承受着痴呆症妻子的暴力言行，在参加男性看护者聚会时，他坦言了自己的烦恼。（摄于2016年3月）

依旧悬挂在门前。

自动门内侧放着数十件已清洗完的衣物，挂在衣架上成排吊置着，似乎在等待客人前来取走。

阳子此时正接受日间护理服务，不在家。健招呼我们到了二楼的客厅。他首先向我们展示了自己手臂上的大片淤青，说明了被烟灰缸砸的经过。

"因为完完全全无条件地承受了妻子的暴力言行，现在我的身上淤青遍布。我也已经有些抑郁了。'随便怎么样我都无所谓了'，有时候甚至会有这样的想法。"

健在高中时代曾是接力长跑选手，高中毕业后，他来到位于堺市的一所金属加工公司工作。1962年（昭和三十七年），正值日本经济蓬勃发展的时期，这一年，健与在职场相识的阳子结婚了。

婚后3年，长子出生，阳子遂辞去工作在自家开起了洗衣店。因周围邻里的光顾，洗衣店的生意红火，阳子一边顾店一边育儿、料理家务。

健兢兢业业地在公司干到退休，在后来的再就业岗位上也认真工作，直到因看护而离职回家。据健介绍，长子早已独立生活，有了自己的家庭。

2010年的时候，阳子的行为出现了异样。

在洗衣店里，她有时候会算错金额，有时候会连熟客的名字都叫不上来。到医院就诊后，阳子被确诊为痴呆症。自那以后，健便关了店铺，开始了看护生活。

阳子的症状进展迅速。

阳子发作的时候，会暴怒，还会用不堪入耳的语言对健进行辱骂。

"白痴！"

"去死吧！"

阳子每天都会外出到附近漫无目的地游荡。2014年盛夏的时候，阳子没携带任何随身物品便离开了家，后来在离家约7公里的大阪市平野区被路人发现。当时她倒地不起，因脱水症状被送往医院救治。

"我那时想着，不能再这样下去了。于是我安装了玄关报警装置，只要门被打开便会发出声响。门锁也增加到了3把。"

而最让健感到头疼的，便是阳子的暴力行为。他也感到有些危险，于是把厨房菜刀等尖锐物品全都藏到了手不可及的地方。房间里也尽量不放东西，但若是一时大意没有及时收拾，烟灰缸、餐具放置在外的话，阳子就会拿起来扔向健。

对于阳子的暴力行为，虽然健下定决心用笑容接受，绝不与妻子动手，但他也明白，自己的身心都已受到了伤害。悲伤之余，心情低落，脑海中也不断闪现各种各样的念头。

"为排遣愁绪，我一天要抽大约60支烟。后来看护援助专员对我说：'你这样下去会搞坏身体的，别抽这么多了。'我便减少了抽烟的量，但还是感到自己渐渐到了极限，力不从心了。"

经看护援助专员劝说，健开始参加男性看护者聚会。他也想向他人倾诉自己的心声。如果和有同样境遇的人交流的话，想必心情也能轻松不少吧。

11月2日，距初次采访约2个月后，我们再次去健的家拜访他。这次见面，我们感到健的表情比过去沉稳。有时候他还会露出笑容，看起来好像稍稍振作了一些。

"调整了药物剂量后，阳子的暴力症状稍许减轻。但她还是经常外出游荡。为了能确定她的行踪，我与保安公司签了协议，给妻子配备了GPS（全球定位系统）终端。"

GPS通过人工卫星对地面位置进行精确定位，误差仅为几米。对于因痴呆症而到处游荡的人群或是儿童，为确保其安全，保安公司等使用上述系统，推出了定位服务。

公司有偿借出专用终端，并为客户提供终端的位置信息。同时还推出了一项需额外收费的服务，即工作人员可根据位置信息赶往当事人所在位置。

阳子佩戴了终端后，公司会将其位置信息提供给日间护理机构和阳子的儿子，在阳子外出行踪不明的时候，机构的工作人员便能够及时将其寻回。

向我们讲述了近况后，健向厨房走去，手法熟练地准备起晚餐来。

"最近天气冷了，我时常会煮炖锅。我想着要让阳子多吃点蔬菜啊。"

健说着露出了腼腆的笑容，看起来心情不错，我们见状安心不少。看护生活纵然辛苦，幸福的时刻也未曾减少啊。

但是，这样的安心感转瞬即逝。年末开始我们便无法与健取得联系了。2016年随即到来，仍然未见转机，我们尝试在各个时间点给健打电话，却始终无人应答。直到2月下旬，我们才终于又一次听到了健的声音。

3月10日，我们拜访了健的家，当时健正坐在起居室的护理床上。此前夫妇俩一起吃饭的桌子已被搬走，6张榻榻米左右的起居室几乎被护理床完全占据。

这次见面，健看上去非常虚弱，行动起来也很吃力。

"去年11月末的时候，妻子差点从楼梯上跌落，我想要去帮她，没想到自己却滑落下去。随后因脊椎疼痛而卧床不起，在医院住了差不多2个月。"

健住院的同时，阳子入住了护理机构。健于1月末出院，但仍旧腰腿不便，走路也颤颤巍巍。现在他正接受上门护理服务，每周还要去做3次康复治疗。

此后阳子会一直住在护理机构吗？健每月依靠10多万

日元的退休金生活，这样双方分开生活的话经济并不宽裕。并且，虽说阳子患病后对健暴力相向，但阳子不在的时候，孤独感便一下子向健涌来。

"我们一起相伴走过了50年，我想一直照顾阳子直到最后一刻。但是，我现在也被认定为需要护理了。我想尽快恢复健康，带阳子回家。"

3周后的3月29日。正值樱花盛开时节，到处可见淡淡的粉色，将街道装扮一新。我们在中午时分拜访了健的家，健提出："我们一起到附近的咖啡店吃午饭吧。"

健表示他无法在站立的情况下穿鞋。于是他坐到沙发上，花了5分钟左右才穿好了运动鞋。走出玄关后，健迈着幼童般笨拙的步伐，朝着前方200米的咖啡店走去。这是健出院后首次步行外出。

"您最近好吗？"

"好久不见。"

到达咖啡店后，健熟练地坐到了吧台前，愉快地与久未见面的老板打着招呼。过去，阳子从日间护理机构回家后，夫妇俩会一起外出散步，途中便来到这里，边喝着咖啡边与老板谈笑。

健为自己能步行至此感到高兴。他一边细细地品尝着咖喱饭，一边描述着自己对未来的期望：

"阳子回到家后，我还想和她一起散步，然后再到这儿来。"

"您的身体状况如果还要看护夫人的话，会加倍辛苦吧？"

"我现在是一半期待，一半不安。但我还是想为了妻子好好努力。"

然而，以健的身体状况，要看护阳子的话果然还是不现实的。在看护援助专员的一再劝说之下，健还是决定目前先将阳子托付给机构护理。

"我最近几乎都没怎么去机构看望阳子了。去了的话，我一走阳子就会开始念叨着'想要回家'。我不想给工作人员添麻烦了。而且看望阳子回家以后，我自己也感到非常寂寞。"

2016年8月9日，我们与健取得了联系，电话那一头传来的健的声音显得有些虚弱。

他告诉我们，阳子入住的护理机构每月收费为10万日元左右。目前已开始使用存款支付了，但过不了多久，存款也要见底了。

"费用更便宜的机构似乎都没有空床位，如果存款也用完了的话就只能让阳子回家了。而且，阳子不在身边的话我真的感到很寂寞，甚至没有了活着的感觉。我现在还处于康复治疗中，我想要好好努力一下，为了能够再次与阳子一起共同生活。"

最后，健这般说着，仿佛是在鼓励自己。

在照顾患有痴呆症的阳子的过程中，健承受着暴力的言行，对身心都造成了严重的伤害，即便如此，他还是坚强地继续着看护生活。具有讽刺意味的是，此后健受了严重的伤，才因此从看护的苦恼中解脱出来。

然而，现在的健却因为阳子不在身边而感到寂寞痛苦。

今后，无论阳子是回家居住，还是继续在机构居住，健或许都将面临不小的困难。即便如此，思及健与阳子之间坚实的纽带，我们能够真实地感受到，在家庭看护的过程中，家人间的彼此陪伴正使"自身存在的意义"不断深化。

"年轻看护者"的苦恼与奋斗

2015年10月14日，位于京都市的男性看护者援助会"TOMO（友）"①的聚会在京都市中京区的咖啡店举行。

为使看护中的男性能有轻松聚会交流的场所，京都市的看护者们于2010年创立了"TOMO"。会员们每月会在咖啡店等聚会一到两次。

这一天，约10人参与了聚会，大家围坐在桌边，边喝着咖啡边谈笑着。此时，在多数中老年参与者中，我们看到了一名看上去20多岁的年轻人。那位年轻男性在聚会开始30分钟左右便中途离开了。

会后，我们询问了一名参与者：

"中途离开的那个年轻人是研究护理问题的大学生还是研究人员？"

"不不，他也是看护者。他正在看护外祖父。"

"那他也太年轻了啊。"

"他们似乎被称为'年轻看护者'。看来看护已经与年龄关系不大了。年轻人也有自己的辛苦和烦恼啊。"

在以中老年看护者为中心，彼此发发牢骚、交流倾诉

---

① "Tomo"是日语中"友"字的罗马注音，意为"朋友"。

的聚会中，特地前来参加的年轻人，究竟有着怎样的经历呢？我们想听一听他的心声。同时，我们对"年轻看护者"这一称呼也颇有兴趣。

5个月后，2016年3月6日，我们采访了朝田健太（30岁），他是京都市上京区的一名公司职员。

健太言谈谦逊礼貌、用词得体，看上去是一名很普通的年轻人。他充满朝气、外表清爽，完全无法想象他正因看护而饱受困扰。

然而，他所描述的亲身经历令人悲痛。

事情要从2007年5月7日的深夜讲起。

"喂！谁来救救我啊！"

一开始健太以为是自己在做梦，但是，熟悉的声音却不断传来。

于是他起身来到走廊。声音似乎是从楼下外祖父的房里传来的。

走下楼梯，健太战战兢兢地打开外祖父的房门，只见78岁的外祖父淳一（化名）正拿着棍子呆站着一动不动。

"有熊啊。看，就在那里。你看不到吗？"

看着淳一在自己熟悉的房间内害怕熊，整个人情绪激动，健太甚至怀疑起自己的眼睛来。

"……熊已经逃走了……"

健太下意识地脱口而出，抚慰着淳一的情绪。

随后，淳一被确诊为痴呆症，但当时还未出现棘手的症状。

当时大学四年级的健太与淳一、母亲和两个妹妹共同生活。母亲身体羸弱，两个妹妹也正面临考试压力。此后，当外祖父在半夜起床时也都是由健太照顾。

健太10岁的时候父亲便因交通事故去世了，此后，健太与母亲、妹妹便一直和淳一共同生活。因此健太理所当然地认为，自己有义务照顾代替父亲养育自己的淳一。

但是，健太很快就意识到，自己的想法太过天真了。

健太从小就梦想成为学者，在淳一病发后的第二年，他进入了研究生院学习，研究日本史。新的学生生活开始后，健太的心中充满期待。然而，正在那时候，淳一的症状却一下子加重了。

淳一每晚都会起床，有时来到二楼健太的房间，有时又作势要出门。深夜还会频繁上厕所，每次都需要健太陪同。

某天晚上的真实情况如下。

"我现在去公司了。"

淳一说着，便准备要出门。

"今天已经晚了，明天再去吧。"

健太安慰道，淳一便回到了自己的房间。

健太心里想着，淳一应该不会就此乖乖睡觉。不出所料，不一会儿，淳一便来到了健太的房间，说道："虽然不知您尊姓大名，但非常感谢您能让我住在这儿。"

之后，淳一便回房睡觉了，但随后他又再次醒来。他来到健太的房间，这次不由分说怒吼起来：

"你这家伙是谁啊！未经我的允许，到我家里来做什么？"

淳一一到晚上就仿佛被什么神秘的事物附身了一般，不断做出各种怪异举动，一直持续到早晨。健太不知经历了多少个这样的夜晚。

"外祖父不知道我是谁，有时候会以亲戚的名字称呼我。我只能顺着他说，安抚他的情绪，除此之外别无他法。"

淳一外出游荡的情况也变得频繁起来。有时候外出一会儿，他就会若无其事地回到家中。有一天，淳一表示："我要去一次京都站。"从淳一家步行至JR京都站的话，单程也需要一小时。

为能及时知晓淳一外出的举动，健太在玄关上安装了一个大铃铛。门被打开时铃铛便会叮铃作响，将睡梦中的健太吵醒，他便立刻下楼，赶到玄关查看情况。

"那时候，外祖父即使安静地睡着，我也无法入睡。脑海中一直回响着铃铛的声音以及外祖父起床时发出的声响。"

这般疲劳的看护生活对健太的研究生生活也造成了影响。由于睡眠不足以及疲劳，健太的研究毫无进展。每天他都会在没人的研究室内打瞌睡，同时，因为自己的研究进度落后于人，他变得愈发焦躁不安起来。

有时候他也会向研究生同学和朋友抱怨看护的疲劳，得到的答复大同小异。

"你真不容易啊。"

"为什么一定要你来看护外祖父呢？"

有时候友人也会邀请健太去喝酒，但他总是提不起兴致来，便婉言拒绝了。

"因为我的研究进展缓慢，研究伙伴为照顾我，将发表的顺序做了调整。但如果我一再赶不上进度，大家对我的态度就会有所变化了。'学业与私事要分开啊。'有时会有这样的议论。"

参加高中同学聚会的时候，有的朋友会向大家汇报近况，说着"在公司被上司骂了呢"这样的话，闻言健太不由感到，拥有这样单纯的烦恼是多么幸福啊。而朋友们总是对他说："看护很辛苦吧。加油啊。"对于诸如此类鼓励的话语，他除了强颜欢笑以外无言以对。没有人能够设身处地地听他倾诉，给出中肯的建议。

之后，健太打算休学，教授甚至怀疑他得了抑郁症。虽然能够延期毕业，但此时他对于研究的热情已荡然无存。

"这样下去的话会毁了自己。"

2011年，健太放弃了成为学者的梦想，离开了研究生院。

像健太这样年纪轻轻便开始承担看护任务的孩子或年轻人被称为"年轻看护者"或"Young Carer"等。

不过，日本这一群体的现状尚不明朗。总务省2012年的调查显示，不到30岁的看护者数量约为18万人。看护者援助团体"日本看护者联盟"（东京都新宿区）于2015年在新潟县南鱼沼市的公立中小学及综合援助学校的教职工中开展了调查，结果显示，有25％的教职工"发觉儿童或学生中存在年轻看护者"。

有护理需求的老年人正在与日俱增，因此有相当数量的年轻人在家中分担起看护、家务等劳动。

对于年轻看护者而言最大的苦恼是，自己得不到同龄人及学校的理解，并且看护还会对学校生活、就职就业造成影响。

据称，年轻看护者因疲于看护而无法专注学业，会导致成绩下降。有时候人际交往也会变得困难，于是渐渐失去了朋友。他们承受着同龄人冰冷的视线，既心痛又无助，逐渐陷入孤独，甚至失去未来的梦想和目标。

英国从20多年前开始，就将未满18岁的看护者定义为年轻看护者，并由民间组织等为他们提供援助。不仅是看护，在贫困家庭中不得不分担家务的儿童也是援助对象之一，预计总人数达到了70万人以上。

为对这一群体提供支持及援助，社会各方做出了各种努力，如召开集会倡导让儿童远离看护，动员校方对有困难的学生多加关照，让其能够兼顾家事及学业等。

"年轻人因看护而做出牺牲，究竟是不是自己的责任？"

2016年3月5日，在我们对健太进行采访的前一天，他正在冈山大学（冈山市）的教室中手持话筒，做着演讲。

在由校方主办的看护座谈会"当你成为'看护者'的时候——你能够兼顾看护与学业、工作吗？"中，健太受邀担任讲师。出席的学生约20人，健太向他们讲述了自己的亲身经历，作为年轻看护者的烦恼以及渴望得到理解的心情。他告诉我们，此次演讲或许能为第二天的采访提供参考，于是我们也出席了座谈会，与学生们一起倾听他的故事。

在冈山大学演讲的朝田健太。"想让更多人了解年轻看护者的处境"——抱着这样的想法，他正往来于各地做着演讲。（摄于2016年3月）

　　健太离开研究生院后在超市工作，但他想从事与看护相关的工作，于是来到了现在的公司。同时，为了让更多人了解因看护而烦恼的年轻人群的存在，他开始四处演讲。

　　健太目前仍继续看护着淳一，他现在的目标是成为一名社工，获得国家资格，为身体或心理残障人士提供专业援助。

　　健太这般说道：

　　"作为年轻看护者，最痛苦的事情莫过于因看护而破坏与朋友及同学间的关系。但是，也有好的一面。在经历了看护后，会比以前更认真地面对人生，努力地过好每一天。"

　　痴呆症这一疾病会改变患者家属的生活及人生。就连健太这样极其普通的年轻人，竟也从某一天起，突然受这一疾病的波及，原本平静的生活掀起巨变。

据厚生劳动省的数据显示，2012年我国的痴呆症患者人数为462万人（推算）。至2025年，这一数字预计将会达到700万，届时将有五分之一的老年人身患这一疾病。

看护已与年龄无关。但是，社会却尚未认清这一沉重的现实。

与家人分离的"多重看护"

2015年11月，贯穿大阪市中心的御堂筋，两侧的行道银杏树刚开始变得金光闪耀。当时，我们正对重度残障者的看护进行取材，大阪某机构的女性职员向我们讲述了一件情况严峻的事例。

"在使用本机构的家庭中，有一位母亲曾在家看护患有重度残疾的女儿，而如今那位母亲也患上了痴呆症。现在，父亲身上的担子很重，需要同时看护妻子和女儿。"

"多重看护"指的是由一人对多名家人进行看护。日本看护者联盟于2010年对北海道、东京、京都等国内5个地区的看护者进行了问卷调查，结果显示，多重看护者在总体看护人群中占比约25%。

随着医疗水平的进步，个体寿命得以延长，即使在进入需要看护的状态后，个体的生存期也比以前更长了。同时，受到核心家庭化及少子化的影响，能共同分担看护任务的人越来越少。多重看护的情况也因此日益增多。

但是，仅仅看护1名家人就已经相当辛苦，同时看护多名家人又该是何等艰辛呢？想必那样的生活已是我们想象所不可及。

正值年关将近，一个寒意渐浓的冬日，2015年12月2日下午2点。松下靖（75岁，化名）来到了约定好的采访地点——位于大阪市福岛区的一家家庭餐厅。出现在我们眼前的他身形小巧，身着一件夹克衫。

靖的家距离此家庭餐厅约1.5公里，位于福岛区的一处小巷内，那片住宅区紧密排布着众多住家。其中一栋老旧的二层住宅便是靖的家，平时靖在家中需要照顾患有先天性脑瘫而卧床不起的长女雅美（40岁，化名），以及患有精神分裂症及痴呆症的妻子庆子（69岁，化名）。

"同时看护两个人真的很辛苦啊。我也年纪大了，体力跟不上了。"

在家庭餐厅的一派热闹喧嚣中，靖讲述着自己的心声，如同被推入孤独与绝望的深渊一般悲哀无助。

过去，庆子独自照顾着雅美，并承担了所有的家务。然而，十二三年前开始，庆子突然开始说起了怪话。

"有人正看着这里。"

"有人要害我。"

当靖与庆子一起走在街上的时候，庆子便会露出害怕的表情这般说着。后来她被确诊为精神分裂症。

这一精神疾病的发病率为一百分之一。症状主要为妄想、幻觉、情绪低落等，通过药物等治疗手段患者的病情能够得到控制。

最初，庆子的症状并不是非常严重。定期前往医院接受药物治疗后，庆子便又能开始看护雅美，对日常生活也未有大的影响。

然而，从五六年前开始，庆子的幻听及幻觉开始加重。有时，她会幻听到靖对自己说："我要杀了你。"于是她便拿出菜刀摆在眼前。有时庆子甚至会用刀尖对准雅美。这种时候，靖只能花上好些功夫劝慰妻子，平复她的情绪。

又过了两三年，庆子的健忘变得愈发严重起来。对话时，她连一两分钟前所说的内容都记不起来。这一次庆子被诊断为痴呆症。

在此前的几十年中，庆子每天都会为雅美换尿布，然而患病后的庆子，有时候却连换尿布也做不到了。她心里知道必须要给女儿换尿布，但想不起来该怎么做，只能呆呆地看着。

庆子已无法控制大小便，于是靖让她穿上了尿布。即便如此，有时没能及时换尿布，还是会弄脏衣物、房间。

"大小便漏出的话就麻烦了。我要用报纸擦拭榻榻米，花上半天时间才能打扫干净。而且，庆子半夜还要去好几次厕所。有时候5分钟一次，要去上七八次。我根本没法安睡，彻底睡眠不足了。"

有时，庆子会对着靖怒吼"滚出去！"有时又会说"回家吧"之类的意义不明的话语。

庆子外出游荡的情况也变得愈发频繁。在靖为雅美准备餐食或是换尿布的时候，庆子会一言不发地外出不归。庆子还会在半夜离家外出，在街上闲逛直到拂晓，有次甚至低体温症发作，最后被人救助。

此后，为使用护理保险，庆子接受了护理程度认定，她被认定为"护理2级"。护理程度由轻到重共分为5个等级，庆子所需的护理程度为第二级，情况较轻。随后庆子接受了每周一次的上门护理服务以及每月两次的医生上门诊疗服务。考虑到庆子本人的意愿，并未使用日间护理服务。

庆子的病对雅美的生活也造成了影响。

"啪、啪。"

房里传来清脆的响声。靖赶到一看，发现庆子正同往常一样，在打雅美耳光。

虽然雅美几乎无法行动也无法言语，但她此时露出了惊讶的样子，眼睛瞪得圆圆的。靖见状立即抓住庆子的手，制止了她的动作。

庆子自患上痴呆症以来，便开始对雅美动起了手。打耳光、掐脸都已成为家常便饭。有时候庆子还会做出一些危险举动，把雅美的头闷在被子里，拔出用来摄取营养的鼻饲管，等等。

雅美无法自主饮食，只能经由鼻饲管摄取营养、水分、药物。这根管子可以说就是雅美的生命线。拔出后靖没法再自己插回去，这时候只好带着雅美去医院。

"庆子状况好的时候，会像往常一样叫着'小雅美'，对女儿疼爱有加。但是状况不好的时候，便会使劲打她。有时候她会忘记自己是雅美的母亲，最近她甚至自称是

'（别人的）奶奶'。我总是很担心雅美会遭遇危险。"

在靖接受采访时，此前介绍他与我们认识的机构女性工作人员也在场。约20年前开始，庆子便带着雅美到此机构及其他相关机构接受服务。

"从以前开始，雅美妈妈便一直把女儿的事放在首位，认真仔细地看护着女儿。但是，这般以看护和育儿为中心的雅美妈妈，现在自身状况也不行了。我们也感到很烦恼，不知该怎么办好。"

在庆子患上痴呆症以后，靖便向护理机构提出申请，想让雅美接受全托护理。如此一来，每周除了周末以外，雅美都将在护理机构度过。

然而，机构方也提出各种意见，不少人指出，若将庆子与亲手拉扯大、视若珍宝的雅美分开，可能会使庆子的症状进一步加重。

最终机构提出，不要将雅美与家人分开，还是像以前一样，一家人共同生活。靖也表示接受。但是，这名女性工作人员却对此感到后悔。

"后来听了雅美爸爸的话，我感到我们那时候的判断也许错了。如果雅美发生了什么不测，或是雅美爸爸因为看护疲劳与家人一起病倒的话，他们一家人的生活该怎么办呢？一想到这里，我就感到当时应该让雅美入住机构。"

机构方也想帮助靖减轻多重看护的负担，但由于没有空床位，雅美现在正接受一周6天的日间护理服务。

1969年（昭和四十四年）10月，作为一名普通工薪族的靖与庆子通过相亲结了婚。那一年，美国的航天飞机阿波罗11号实现了人类首次登月的壮举，全世界正为之欢欣鼓舞。

结婚5年半后，长女雅美出生了，雅美是他们继长子之后的第二个孩子。出生后不久，夫妇俩发现雅美无法像正常婴儿那样抬头，担心之下便带着孩子去医院接受了详细检查，结果显示雅美患有先天性重度脑瘫。

"最初，我和妻子都深受打击。但是，雅美毕竟是我们的孩子，一定要好好养育她。这是为人父母应该做的。"

当时，作为全职主妇的庆子一手照顾雅美生活的方方面面，换尿布、喂食、洗澡，等等。庆子为女儿倾注了所有的母爱。

到了冬天，为了能让女儿睡个好觉，庆子睡前会在脸盆中倒入热水，为雅美泡脚，温暖她的身体。雅美最爱吃草莓，为让她吃起来方便，庆子便把草莓细细捣碎，再喂到她嘴里。庆子还带着雅美前往专科医院接受康复训练。

"当时我一心扑在工作上，庆子几乎独自承担了照顾雅美的全部工作。庆子真的很辛苦，也把女儿照顾得很好。"

对庆子怀着感激之情的靖，现在一手接过了看护的重任，而且是要同时照顾妻女二人，对他而言无疑是巨大的负担。

每周一到周六，雅美都会接受日间护理服务，从早晨到傍晚都由机构对其进行看护。但是每周日和节假日，她都会在家中度过。靖需要为她换尿布、吸痰、准备餐食等，进行全方面的看护。

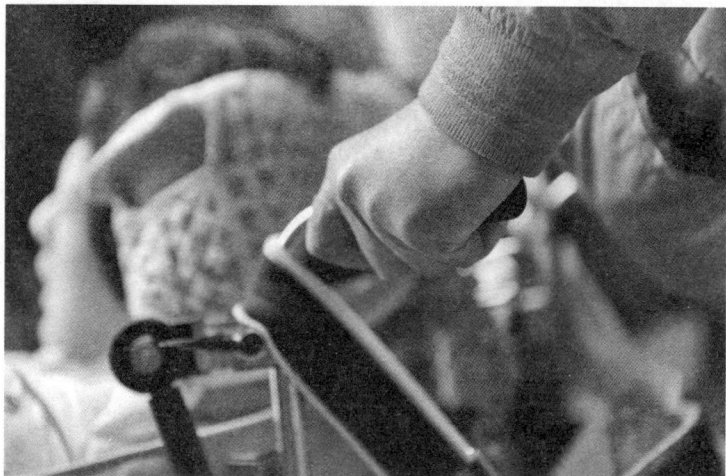
早晨，松下靖推着轮椅送长女雅美去坐日间护理机构的班车。（摄于2016年3月）

　　早、中、晚要各花上一个半小时为雅美注入营养剂。除此之外的时间还要及时为她补充水分。同时，还需要将预防痉挛的药等各种药物溶于热水中，早、中、晚共三次，喂雅美服下。

　　在雅美需要外出的时候，靖得独自一人抱着近50公斤重的雅美，将她从床上移到轮椅上安顿好。有时靖步伐不稳，甚至差点摔倒。曾细心周到地照顾着雅美的庆子，如今一点儿忙都帮不上了。

　　"上了年纪后，腰腿都没以前那么硬朗了，干重体力活的话会有危险。两个人一起抱女儿的话应该没问题，如果一个人抱的话就辛苦了。总之，要独自一人看护两个成年人，我的体力和精力都不足以维持。如果我还只有50多岁的话，可能还能坚持。"

看护杀人　　179

采访结束后没多久，庆子患上了结核病，住院接受治疗。该病患者需要隔离，虽说对庆子有诸多担心，但庆子住院后，靖的看护负担也得以减轻，能够好好休息一下了。

2016年7月25日，我们致电靖询问了他的近况。

"事实上，妻子并发了肺炎和肾病，现在还在医院接受治疗。讽刺的是，在妻子住院后，我能够睡上好觉了。今后妻子出院回家，我还得看护妻女二人，我也已经这把岁数了，说实在话，真不知道自己是否能坚持下来。"

靖与看护援助专员商谈，庆子出院后，希望能将她交托于机构接受护理，即使是民营机构也无妨。虽然要支付一定的费用，但靖表示，即使用尽存款也不会改变自己的意愿。他现在已没有足够的体力和精力重返多重看护的生活了。

"虽然现在退休金是唯一的收入来源，生活并不宽裕，但如果连我也倒下的话就真的来不及了。所以我决定让庆子入住护理机构，自己则努力地看护雅美。如果我发生什么不测，就让雅美入住现在的机构，我也很信赖他们，这就是我今后的打算。"

靖已尝尽了"多重看护"的辛劳，对于家人的未来以及自己剩余的人生，靖在迷茫中苦苦考量，终于做出这一决定。

在靖家的玄关及房间内，摆饰着数张雅美的肖像画。每张肖像都很好地抓住了雅美的面貌特征，画中的雅美皮肤白皙，有一双水汪汪的大眼睛。

过去，在庆子身体好的时候，一到每年5月的长假，她便会带雅美去位于大阪市北区中心的"中之岛庙会"游玩，在那儿请画师为雅美画肖像画。

有时候，靖的眼前会浮现这样一幅场景，初夏的阳光笼罩下的中之岛公园内，庆子与雅美正愉快地逛着庙会。过去，在狭小的房间内，三人并排睡着，组成了一个川字，这样简单平凡的日常，如今却再也回不去了。

最后，靖这般感慨道：

"以前我常与妻子争执，妻子生病后我忙着看护她，因此辛劳不已。但是……妻子不在家的话，真的很寂寞啊。"

住在尖顶宅宇内的一家

一张老旧的画纸上画着这样一番图景：一幢深红色尖顶的大房子，二楼是芭蕾教室；宽阔的庭院内，美丽的花朵竞相绽放；犬舍边，一只白色柴犬正露出可爱的表情"汪汪"地叫着。

在大型电机公司工作的藤原和彦（57岁，化名）于约20年前，在关西某郊外住宅区内，建造了画中的住宅。这幅画是妻子纱织（57岁，化名）学生时代所绘，描画了她理想中的家。和彦为她实现了这个梦想。

从6岁开始学习芭蕾的纱织，在自家的二楼开了芭蕾教室。因为喜欢孩子，纱织也很疼爱自己的学生。在演出之前，她会温柔地逐一与学生打着招呼。若有跳得不好的孩子，纱织便尽可能耐心地一对一指导。

纱织耐心细致的指导获得了家长们的好评，众多学生慕名而来。也有孩子在学成离开后站上了专业的舞台。

当然，纱织一家也养了一条白色的狗。这是和彦与纱织共同创造的理想生活。

然而，这一切幸福的根基突然动摇了。

2014年7月，梅雨季尚未过去，纱织的身体出现了异样，她有时会忘记汉字的书写方法，有时会在夜晚迷路。7月中旬的时候，纱织竟在开阔的停车场内发生了车辆碰撞事故。和彦以为也许妻子是上了年纪，很快却发现事情并没有那么简单。

"9月头上，本是去超市购买晚饭食材的妻子，却迟迟不回家。等妻子到家后，我问她怎么去了那么久？她说自己'搞不清几点了'。于是我就试着让她看钟，她却不明白指针所代表的意义。此时我意识到，必须要带她去医院了。"

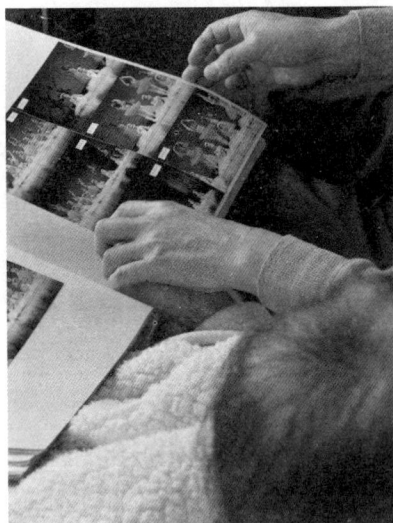

藤原和彦向躺在护理床上的纱织（靠前的人）展示着芭蕾教室的学生们表演时的照片，一边与她对话。（摄于2016年3月）

在一系列细致的检查过后，纱织被确诊为法尔氏综合征，即大脑的一部分发生了钙化。据称，此病的症状与痴呆症及帕金森症表现相似。虽然不会危及生命，但也没有有效的治疗方法。

一瞬间，纱织的日常生活便状况百出。

首先，纱织没法做饭了。她的行为也变得异常起来。在超市买完东西付完钱，却不把商品带回家，而是重新放回货架上。

夫妇俩的独生子已独立生活，和彦只能独自照顾纱织。他利用公司的制度，每周四、五在家办公，陪伴着纱织。

11月，正值树叶黄红相交、色彩斑斓的时节，纱织的芭蕾教室关闭了。纱织却不知道这是一件何等悲伤的事，她已经忘记了芭蕾教室。

2015年春季以来，纱织的症状进一步恶化。

她变得无法说话了。除了"嗯""是啊""漂亮"等五六个词句，纱织说不出别的话来。即使与她交流，她也无法理解话语的含义，但是从她的表情、动作来看，却总感觉她不是完全不明白。

纱织没法说出"小便"，因而也没法及时上厕所。虽然给她穿了尿布，但有时还是会弄脏自己，那时候和彦只好带她到浴室清洗。

和彦每天凌晨1点半和4点半起床两次，查看纱织的情况。如果发现她在床上躁动不安的话，便会带她去厕所。如果不及时上厕所，尿会从尿布漏出，把床单和床垫弄脏，那么和彦一大早就得迎来沉重的清洁任务。

见纱织没有漏尿而稍稍松一口气的和彦也不能掉以轻心，有时候刚把尿布脱下在厕所处理的一小会儿工夫，纱织便会在房间内小便。

"虽然用心看护，但是纱织的症状却在不断发展，我一次次感到自己的努力付之东流。那时候便心生怒意，感到自己做了无用功，但是就算对妻子发火也于事无补。我只好跑到别的房间，用尽全力大声喊叫发泄自己的情绪。"

有时候纱织会出现全身无法动弹的情况。傍晚时分，和彦与纱织一同外出购物归来，纱织却坐在车上无法起身。

"谁来帮帮我啊。"

和彦的内心似祈祷般地呼喊着，但是夜色笼罩下的新兴住宅街上，除了点点灯火以外，并无来往的行人。无奈之下，和彦只好咬着牙，摇摇晃晃地将纱织抱回家中。

"自己的心态渐渐开始崩塌了。夜里也不能好好休息，疲惫感与日俱增。此前，我在职场上一直充满活力地鼓励大家前进，但现在连玩笑话也说不出了。熟识的同事曾问过我：'你是不是太累了？'"

经男性看护者聚会的参与者牵线，我们于2015年11月13日首次对和彦进行了采访。

进入和彦家宽敞的客厅后，只见一张餐桌孤零零地摆置在屋内，和彦领我们到桌边落座。他身着长袖棉毛衫和运动长裤，一身日常装扮，讲起话来也几乎没有关西口音。言谈间，和彦用语文雅礼貌，说话条理清晰。然而，看似淡然的语气之下，所展现的看护者的苦恼却无比真实。

2015年12月21日，本已不幸的家庭再一次听闻噩耗。

根据纱织的症状进展及身体情况，医生怀疑她所患的可能并不是法尔氏综合征，于是再一次对她进行了周密的检查。经检查，纱织所患的是朊病毒病，这是一种危及生命的顽疾。病发1年5个月后，纱织最终得以确诊。

纱织所患的朊病毒病不能确定具体分型。每年的发病率为一百万分之一。病发几个月后，患者便会出现无法行动、无法言语的情况。目前尚无治疗方法，患者的长期生存率较低。

几天后，长子的婚宴在一处海景酒店如期举办。在机构工作人员的陪同下，夫妇俩共同出席了婚宴，祝福儿子新生活的开始。

2016年2月26日，我们对和彦进行了第二次采访，这一次，和彦在餐桌边放了把椅子，让纱织坐在一旁听我们说话。据和彦介绍，纱织近来频繁出现身体僵直的情况。和彦同之前一样礼貌地回答着我们的问题，但是目光却一直注视着纱织。

"今年必须做好觉悟了。医生说纱织能活到现在已几乎是奇迹了。这种病进展相当迅速。纱织剩下的时间已经不多。我现在的任务就是，怎样让她幸福地走完人生的最后一段时光。"

和彦与纱织是青梅竹马，从幼儿园开始就相识。和彦大学毕业后，担任了同学会的干事，与纱织重逢，两人遂开始交往，不久后便共结连理。

婚后，作为工薪族的和彦勤勤恳恳地工作，养家糊口；纱织则在养育孩子的同时兼做芭蕾老师，实现着自身的价值。

　　因为经济原因，夫妇俩在国内完成了新婚旅行。而在孩子长大后，夫妇二人曾几度同游法国。原来，纱织是《凡尔赛玫瑰》这部漫画的忠实粉丝，《凡尔赛玫瑰》在1970年代相当风靡，其故事背景正是法国大革命时期。夫妇俩每次到访法国，都一定要去凡尔赛宫看一看。

　　纱织现在的身体状况已无法再去巴黎，但有时候她会与和彦一起看网上的视频消磨时光。和彦说，只要播放《凡尔赛玫瑰》或是巴黎的视频，纱织的眼里便一下放出光芒，看起来非常高兴的样子。

　　2016年春天，纱织的身体几乎完全不能动了，生活的方方面面都需要看护。和彦每周一至周三去公司上班，这段时间纱织便在机构接受护理，每周三晚上至周末，他有时在家陪伴纱织，有时送她去日间护理中心。

　　"虽然也能选择将纱织一直交由机构全托护理，但是纱织剩下的时间已经不多了，我还是想尽量多陪陪她。我在公司上班的这段时间，可以稍稍从看护的生活中摆脱一会儿。"

　　和彦神情迷茫，开始向我们讲述起自己在看护生活中摇摆不定的心情。

　　和彦从事电器制品开发的工作已超过30年，还曾前往美国工作。虽然他很重视纱织的看护，但也很难放弃这份喜爱的工作。

　　"也许工作也是给自己喘口气的机会吧。但是工作中只要一想到妻子的事，就会立刻把我拉回现实。最近我也在责备自己：'不在妻子身边的话真的不要紧吗？'"

一方面是为了生计，除此之外，和彦内心想要继续工作的愿望也非常强烈。虽然工作中也有各种艰辛，但只要身处职场，便能感受到属于自己的一方天地。

"在工作中能够感受到自己的价值，也能获得一份收入。我有时也会将工作和照顾妻子这两件事在内心进行权衡，究竟孰更重要。男人真的是很愚蠢啊。在职场上即使我不在了，也能找人替代，但是我是唯一能够陪伴妻子的人啊，无人可以替代。"

看护家人是无比重要的，但这一事件本身并非充满幸福。和彦的内心写照，与众多过着看护生活的人们一样，充满着矛盾与纠结。

在第二次采访约3周后，3月17日下午2点左右，我们再次拜访了和彦家，只见纱织躺在护理床上，几乎无法动弹。她已经没法坐起身了。和彦感到，纱织就快要走到生命的终点了。

和彦每天半夜仍要不断为妻子更换尿布。由于纱织身体僵直，为她更换衣物也相当费劲。纱织每天会出现两三次全身痉挛的情况。每次持续20至30分钟，看着妻子这般模样，和彦心痛不已。据他介绍，妻子现在发热的情况也增多了。

"症状愈发严重，纱织真的很可怜。所以我决定4月以后开始停职休假，好好照顾她度过最后的时光。"

当和彦用毛巾擦拭纱织的脸，或轻轻抚摸她的头发时，纱织都会露出安详的表情。和彦表示，静静地看着妻子，他的内心便会充满幸福。

宽敞的二楼曾是芭蕾教室，现在似乎做仓库之用。曾经承载着一家人梦想的尖顶房屋，现在似乎显得太大了，寂寞充斥着每一个角落。

"我们已经没法像纱织曾经描绘的那幅画一样生活了。我们的梦想，我们的人生，正走向终点。因此，在最后剩余不多的时间里，我想好好感受拥有妻子的幸福。"

为陪伴妻子走完剩余不多的时光，和彦于4月15日停职休假，暂时离开了职场。

约一周后，纱织因痉挛不止被救护车送往医院。此后的三四天她都处于昏睡状态，住院接受治疗。和彦每天前往医院，从上午到晚上八九点都在纱织身边陪伴着她。

和彦原本会给妻子喂午餐和晚餐，但后来纱织无法再进食了。药物也只能通过静脉滴注的方式输入体内。此时的纱织虽然已无法作出任何反应，但当她听到和彦问"口渴吗?""要吃这个吗?"的时候，仍然会发出微弱的声音回应他。

"我有时会感到妻子在用笑容回应我。但有时也会觉得：'妻子仿佛没有灵魂一般地活着。太残酷了。'我的内心很复杂。"

过了一个月后，和彦表示想把纱织带回家。访问护士们对此表示反对："要看护纱织的话至少需要4个人。回到家的话只有您独自一人看护。绝对不行。"

也有接受临终患者的病房和机构，为其缓解身心痛苦。虽然和彦已去这类机构实际考察过，但他还是想陪伴纱织，在她所描绘的理想的家中走完最后的时光。

"各位也许是担心我可能做不好看护工作。但是，我已下定决心要在家照顾纱织直到最后一刻，请允许我这一自作主张的决定。"

当时的纱织仅靠输液维持着生命，6月10日这一天，和彦带着她回到了家。

和彦让纱织待在她曾经最喜欢的房间内。从窗户能清楚地看到院子中的樱花树，此时正呈现一片新绿，鲜翠欲滴。

看护援助专员制订了详细的家庭看护计划。护士及护工每天各进行3次上门护理，平均间隔2小时。纱织每周接受2次洗浴服务，每2天接受1次上门看诊。

护士们不在的时候，从晚上到早上的时间都由和彦独自看护着纱织。他每晚11点左右入睡，随后凌晨1点半及4点左右各起床一次，为纱织吸痰，为防止褥疮，还要为她翻身。虽然和彦白天会小睡个一小时左右，但这样的看护生活对他的体力仍是巨大的考验。

护士及护工主动与和彦聊起了天，聊的都是关于夫妇俩如何走到一起的、新婚旅行、过去的愉快回忆等积极的话题。

"你们喜欢什么样的音乐？"

"我们喜欢保罗·莫里哀①和卡朋特乐队②。"

"我们一起听吧。"

令人怀念的曲调，温暖地萦绕在家中。

---

① 保罗·莫里哀（1925—2006），法国轻音乐大师，世界著名三大轻音乐团之一的保罗·莫里哀轻音乐团的创始人和首席指挥。

② 美国歌星理查德·卡朋特和卡伦·卡朋特兄妹二人组成的演唱组合，1970年代和1980年代初期风靡一时。

"不光是纱织，我自己也得到了护士及护工们的耐心帮助。他们关心我的心理状况、帮我排解压力，这样我才能更冷静、温柔地对待妻子。"

对失去家人或挚友的人进行抚慰、帮助的心理援助手段，被称为"哀伤关怀"。这一心理干预措施最早发源于美国，现在日本的医疗机构和市民组织也已开展相关活动。

最近，家庭看护和居家医疗变得普遍，在患者临终阶段，由上门进行看护的访问护士们对家属进行哀伤关怀，这一情况也并不少见。对于和彦来说，护士们温柔的关心、帮助为他提供了巨大的心理支持。

终于，那一时刻来临了。

7月7日，七夕这一天下午5点左右，纱织陷入病危状态。护士及护工等相关工作人员立即赶到，随后纱织脱离危险，大家又都离开了。

过了几小时后，7月8日凌晨1点半。和彦与纱织的妹妹一起在床边握着纱织的手，对她说着：

"你不喜欢那么多人在场吧。你已经很努力了。很努力地走到现在了。"

说完，纱织便静静地停止了呼吸。纱织的脸上仿佛浮现着淡淡的笑容。在纱织病危时，和彦曾抑制不住地痛哭，而现在，他的眼泪仿佛干涸了一般，心情平静地面对着妻子。

8月25日，在纱织的四十九天法事和骨灰安放结束约1

周后，和彦在电话中向我们回忆了纱织的临终时光：

"我用最冷静最温柔的方式陪伴妻子度过了最后的时光。这一切都亏了护士及看护人员的关心与帮助。"

和彦表示，失去妻子的悲痛铭心刻骨，无法言说。看着妻子患病后所拍的照片，自己便心痛不已。

在挂断电话前，我们询问了和彦今后的生活打算，他的回答让我们颇感意外。和彦表示，他将于近期辞去公司的工作。

"为回报此前帮助过我们的工作人员，作为工程师，我决定帮助他们开发护理相关的机器设备。我也想向朊病毒病的患者及家属传授我的经验，希望能对他们有所帮助。基于上述考虑，我向公司提出了辞职。"

在3月对和彦进行采访时，他曾表示"我们的人生，很快就会走到终点"。这句话充满了对未来的绝望。但是此后，他经历了异常辛劳的看护生活、与最爱的妻子离别、与看护人员相遇，这一系列事件改变了他，使得他今后的人生朝着未曾料想的方向进发。

"在天国的夫人会对您说什么呢？"

"她也许会取笑我吧。"

"我想她一定会为您加油打气。"

"'向前看，不回头'，这句话一直是我和妻子的座右铭。"

这幢夫妇俩理想中的房子，曾有芭蕾教室，曾有孩子们的欢声笑语。如今只剩一声叹息。然而，那尖尖的屋顶依旧高高耸立，傲视着天空。

看护杀人　　191

第六章　看护家庭的现状

——援助范围及迫在眉睫的再修订

以看护家庭为对象的问卷调查结果

由加害者的自述及案情分析可知，因看护疲劳引起的故意杀人及共同自杀案件绝非与己无关的特例。我们所结识的现在是或曾经是看护者的人们，无一不是带着苦恼和矛盾，尽全力维持家人间的纽带。

那么，实际上究竟有多少看护者曾处于疲劳状态，或是感到走投无路呢？为寻找这一问题的答案，我们决定对全国的看护者群体进行问卷调查。

为尽可能让更多的看护者收到调查问卷，我们向全国的援助组织寻求协助。这一调查定于2015年12月中旬付诸实施，此后我们立刻向全国各地的援助组织致电说明情况，却收到了如下回复："目前人手不足""突然提这样的要求我们没法采取对策"……

每一个援助组织都要组织各种援助活动，人手相当紧张，而且当时正值繁忙的年末，收到这般回复也情有可原。

不过，其中来自北海道至九州地区的8个援助组织答应给予我们协助。

我们赶在年底前完成了问题设置及印刷工作。正月里也继续着问卷的发放工作。如此这般的忙碌之下，至1月末为止，约1 000份问卷通过8个援助组织等途径发放至全国的看护者手中。

至截止日期为止，共有245份问卷被寄送至位于《每日新闻》大阪总部的采访组。

来自看护者们的回答无不深刻体现着看护生活的严峻现实和矛盾。

最令人惊讶的是，约有两成回答者曾有过杀害家人、共同自杀的想法，有七成的人曾因看护感到身心俱疲。

此调查结果发表在4月4日《每日新闻》晨刊（大阪总部发行版）第一版头条。

通过这份以看护者为对象的问卷调查，本次调查首次提出了针对看护杀人风险的问题。

"是否曾有过杀害被看护的家人或共同自杀的想法？"

这一问题可能过于直白甚至引人恐惧，然而，在看护家人之前过着平淡生活的人，却因看护而走投无路，最终犯下杀人重罪，这样的悲剧正在现实中发生。考虑到这一点，我们很想听一听目前正在进行着看护的人们内心的真实想法。

针对这上述问题，约有20％的回答者即48人回答"是的"。当问及"在什么情况下会产生杀人或共同自杀的想法"时，77％的回答者（37人）选择了"因看护而筋疲力尽时"这一选项。其次，有40％的回答者（19人）选择了"对将来感到不安时"这一选项。

看护者的睡眠不足情况也不容忽视。

回答者中，有42人表示"持续"处于睡眠不足状态，104人表示"时常"处于睡眠不足状态，合计60％的看护者存在睡眠不足情况。在处于"持续"睡眠不足状态的42名回答者中，38％（16人）表示曾有过杀人或共同自杀的想法。

如看护杀人案件中的加害者们所述，对于看护者而言，睡眠不足及无法入睡的情况相当严重，需予以高度重视。

共有146名回答者表示"持续"或"时常"处于睡眠不足状态。对"平均每晚起床几次？"这一提问，其中71％（104人）选择"1—3次"，14％（20人）选择"4—9次"。

在所有回答者中，有近两成（46人）表示周围没有人能倾听自己看护的烦恼和压力。

在245名回答者中，男性为62人，女性为181人，性

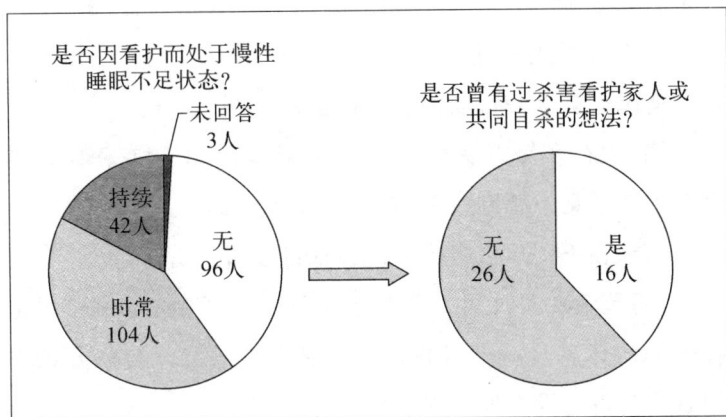

是否因看护而处于慢性睡眠不足状态？

未回答 3人

持续 42人

无 96人

时常 104人

是否曾有过杀害看护家人或共同自杀的想法？

无 26人

是 16人

别不明者2人。此前厚生劳动省的调查显示，看护者群体中有七成为女性，与本次调查的性别比例相近。

就回答者的年龄而言，60岁以上占69%，50—59岁占22%，40—49岁占7%。对看护持续时间这一问题，24%的回答者选择"5年以上，不满10年"，占比最大；其次为"3年以上，不满5年"，占22%；19%的回答者选择"10年以上"。

在自由回答栏目中，看护者们表述了各自的真实想法。因看护而产生的幸福感和负累感交织，沉沉地压在每个人的心头。字里行间展现出的无一不是看护家庭的真实写照。

一名来自兵库县的50多岁的男性从约5年前开始，看护着80多岁的父母二人。父亲因疾病而卧床不起，母亲则被认定为"护理4级"。

最初由妻子负责照顾父母，但妻子不久后便无力应对。于是男子从工作的饮食店离职，全力看护父母，也因此失去了收入来源。

他在开始看护生活后不久，出现了有气没力、精力不足的情况，被医院诊断为轻度抑郁症，开始服药。

"我现在在努力恢复，争取不再服药，但稍有松懈，就会在不知不觉中感到疲惫不堪。"

父亲在不久后去世了，现在他继续看护着母亲。

"每周有2天时间，母亲会去日间护理中心。那2天是我唯一的休息日。平时我总是感到非常烦躁。自从开始看护后，就再也没有发自内心地笑过了。"

现在存款快要见底了，每天过着紧巴巴的生活。去年冬天为了节省开支，暖气也不舍得开，就这么熬过来了。

"我也想要尽力照顾好母亲，但是一想到自己和家人的将来，就感到非常不安。"

一名来自东京都的60多岁的无业女性，目前正看护着患有痴呆症的母亲，她表示自己想要将母亲送入机构接受护理，但是无法找到合适的机构。

这名女性因看护而放弃了工作，随后却在家庭看护过程中渐渐感到力不从心、无力应对，便决定将母亲送入机构接受看护。但是，她从各个机构得到的回复无一例外，都是"没有空床位"。目前有空床位的往往是些收费高的护理机构。最近，她前往距东京较远的静冈县，终于找到了能够入住的机构。

这名女性此前经历了5年的在家看护的生活。母亲经常出门游荡。她甚至有过这样的想法，离家外出的母亲"被车撞了的话就好了"。

如今，她对曾经这般不堪的想法感到自责，但她表示，回首往昔，那段日子就如同生活在地狱中一般。

"护工上门护理时间很短。虽然我也理解他们的难处，人手不足、预算不足。但是想到10年、20年后会是什么情况，我就觉得不如早些死了的好。真心希望行政方面能采取措施应对这一问题。"

一名来自东京都杉并区的50多岁的女性目前正在看护母亲，她这般描述现今护理制度的不足之处：

"目前国家积极鼓励家庭看护，护工也会上门帮忙护理，但是他们是白天来的，其实比起白天我们更需要夜间的帮助。家人的健康状态也不可能一直保持良好，希望能够有更多提供入住的护理机构（费用在退休金可承受的范围之内）。"

除此之外，还有不少回答者呼吁增强对看护者的援助。

"目前对于看护者的援助少之又少。心理援助更是完全缺失。"（一名来自兵库县三田市的60多岁男性，目前正看护着双亲）

"休息日还得忙碌家务，感到自己已经神经衰弱了。希望能得到更细致周到的援助。"（边工作边看护母亲的50多岁的女性）

"突然有一天开始过起了看护生活。自身的想法、遇到的问题，不知该去哪儿倾诉，也不知该从何说起。希望能够在事前获得相关信息。"（一名来自北海道栗山镇的60多岁男性，目前正看护着妻子）

"鼓励的话语让我焦虑。如果别人问我'你努力了吗？'我会感觉很受伤。护理服务的自费比例从原来的一成增加到了两成。如果这笔费用是用于增加护工的工资的话也无可厚非，但是自费比例增加后经济负担真的很重。"（来自大阪府八尾市的70多岁女性）

"虽然普遍认为看护不须过分付出，但是家人往往还是会倾尽全力。然而，不能努力过了头，这一点很重要。看护者也需要及时获取各种信息，懂得如何减轻自身的不安和烦恼。"（来自东京都的60多岁女性）

"虽然行政机构表示，会由地方对看护者进行援助，然而我国目前核心家庭越发普遍，使得'邻里互帮互助'的景象难以实现。"（刚刚开始看护的50多岁女性）

"我认为有必要开展相关活动，加深普通市民对痴呆症看护的理解。我发现即使是身边的人，对看护也没有足够的理解。"（看护了父母20年的50多岁女性）

众多家庭看护者借本次问卷调查的平台，呼吁得到更多的援助。这也进一步体现出日本对于看护者的援助手段匮乏这一事实。

国家和行政方面无法给予看护者充分的援助，其中有一个事实不容忽视——目前必须依靠他人看护才能生活的人群数量正以惊人的速度激增。

为使用护理保险服务而接受护理及援助程度认定的人群数量于2014年首次突破了600万人。厚生劳动省于2016年6月发表的数据为606万人（截至2015年3月末）。由这一数字不难看出，我们已真正意义上进入看护社会。

这一数据与去年同期相比增加了22万人，我国公民中每20人就有1人需要接受看护。与护理保险制度开始施行的2000年度相比，是2000年度的2.4倍。同时，在接受护理程度认定的人群中，年龄75岁以上的高龄老人数量为517万人次，占比87.3%。

那么，由谁来看护如此庞大的人群呢？"不愿给家人添麻烦"，许多人抱着这样的想法而入住护理机构。但是，考虑到需要看护的人群不断增加，不难预见，入住机构也将变得愈发困难。

理由不言而喻。目前仅靠退休金就能支付入住费用的机构相当缺乏。例如,作为护理保险下属机构的特别养护老人院,入住者每月需支付的费用为10万日元左右,但是目前有超过50万人在等待空床位。

与之相对,民营的护理养老院大多每月收费在20万到30万日元。有时候在入住前还需要一次性缴纳几百万至几千万日元的费用。对于仅依靠退休金生活的人群而言,这笔费用是承担不起的。

当然,选择在自家养老或度过临终时光的人群数量在不断增加,也有不少人积极地开始了家庭看护生活。

为控制社会保障费用支出,我国正积极推进家庭看护,并采取了各种措施,包括:增加护理保险覆盖的日间护理时间、完善上门护理服务、推出鼓励家庭看护的举措。

值得注意的是,被称为"团块世代"①(1947—1949年出生)的人群将于2025年左右步入75岁门槛,成为高龄老人,为使这一人群能尽可能地在家中接受看护、使用医疗服务,有关部门正在加紧制定解决方案。

无论希望与否,家庭看护正成为时代主流,并且,看护家人这一事件本身会给看护者的人生带来巨大的影响。

看护者可能会回到父母独居的老家,承担起看护父母的重任。有些人因此不得不辞去工作,放弃兴趣爱好或旅

---

① 指日本战后于第一个生育高峰期(1947年至1949年)出生的群体。这些人被认为是上世纪60年代中期助推日本经济腾飞的主力,是构成日本现代社会中产阶级概念的第一代。

行等属于自身老年生活的乐趣。

"家庭看护时代"即将到来，这将不仅仅对护理及医疗制度带来改变，还将影响日本人的个体及家庭生活方式。

援助的现状及众望之下的再修订

需要看护的人群数量正以前所未有的速度增加，究其缘由便是高龄化及长寿化的进展所致。

总务省于2016年6月发表的2015年国情调查初步统计数据显示，我国65岁以上的人口数量为33 422 000人，占总人口数量四分之一以上，为26.7%。这一比例为日本史上最高，在世界主要国家中也排名第一。另一方面，不满15岁的儿童人数占总人口比例为12.7%，为史上最低值。

日本的平均寿命也再次创下历史新高。厚生劳动省于2016年7月发表的"简易生命表"显示，2015年日本人的平均寿命为女性87.05岁、男性80.79岁。

在世界范围中，男性、女性平均寿命最长的地区都是香港，日本的女性平均寿命为全球第二，男性平均寿命为全球第四，我国也是世界范围为数不多的长寿国之一。战后不久，1947年的统计数据显示，当年我国的女性平均寿命为53.96岁，男性为50.06岁，如今，这一数据已实现了惊人的增长。

平均寿命指的是"个体自0岁开始的平均生命期限"。根据各年龄段的死亡率，便可计算出不同年龄段人群的平均生命期限。平均寿命的延长，也得益于年轻一代死亡率的降低。

医疗水平的进步使癌症、心脑血管疾病等大病的生存率得以提升。人们对健康也愈发重视，相信今后平均寿命将会进一步延长。

长寿型社会是美好的。但是，无须接受看护、长久保持健康状态的人并不多。每个人上了年纪后，都会出现腰腿不便、体弱抱病等情况，这样一来不接受他人的帮助就无法正常生活。

有相当一部分的人在接受长期看护的情况下，度过漫长的老年生活。若没有家人的看护，长寿型社会也不复存在。

无论如何，遗憾的是，究竟该如何对看护者进行援助，这一问题目前还没有引起国家的足够重视。

每年有10万人因看护而辞去工作，这一现象被称为"看护离职"，安倍政府提出了要实现无人为看护而离职的方针，但其政策并未能减轻看护本身的负担。

那些作出了各种牺牲，承担着看护家人的重担，在底层支撑着这个社会的人们，究竟怎样才能解决他们的苦恼？这一问题需要全社会深思。

欧美大国也面临着老龄化的局面，看护成为了社会的重大课题。大多数国家也和日本一样，在积极地推进家庭看护。

即便如此，就国家或自治区域对家庭看护者提供援助这一点而言，有许多国家比日本做得更多、更好。

英国首先实现了法律上对看护者权利的保护。

英国采取了对家庭看护者支付现金、保证其休息时间的举措等。看护者每周的看护时间达到35小时以上，可在规定条件下每周领取62.10英镑（据2019年6月汇率约为8 000日元）[①]的补助。

在护理保险制度实施之前，日本也曾探讨过是否应向看护者给予现金补助，但是出现了不少反对意见，如"很可能会出现家人被看护束缚的情况"等，最终未能落实。

在英国，看护家人作为一种重要的劳动，得到社会的支持，因而对看护者予以现金补助。

不论现金补助这一手段优劣与否，英国的护理政策中最值得借鉴的是"暂托护理服务"。

其中，"暂托"指的是暂时将被看护者交由他人进行看护。这一制度使得看护者能够从繁忙的看护生活中稍稍抽离，休息调整。期间被看护者可交由机构或由护工进行上门护理等。这一制度充分保障了看护者的休息时间。

制度规定了暂托护理的时间，也可以集中起来一起用。

在暂托护理期间，看护者可以享受自由时光。他们可以利用这段时间外出旅行、拜访朋友、去俱乐部跳舞等。

如果提前预约的话，也可以使用夜间暂托护理服务。工作人员会派护理人员安排相关事宜。如此一来，看护者对于看护再无后顾之忧，能够确保充足的睡眠。

2014年，英国对看护相关法律条款进行整合，推出了《护理法》，以对成年人进行看护的18岁以上看护者为对象，接受社会的相关评定，从法律上确保了他们接受援助

---

① 根据2019年6月汇率，相当于540元人民币。

的权利。

有偿或无偿从事看护工作的人员不属于《护理法》保护的对象。针对18岁以下儿童进行看护的看护者的援助措施，则由《儿童与家庭法》作出相关规定。

《护理法》的实施，实现了看护者权利的法律保障。为使看护者能健康、舒适地生活，对其予以援助，并给予信息共享及咨询洽谈等服务。英国的地方自治团体也会对区域内看护者援助措施的落实情况进行自评，并有义务将这一结果公示。

日本在引入护理保险制度时借鉴了德国的经验，而德国也有暂托护理这一制度。该制度赋予了看护者从看护生活中暂时解脱、放松身心的权利。该制度也设想了在看护者生病或身体不适，无法进行看护的情况下，如何让被看护者能及时接受短期护理或上门护理服务。

美国曾经也以州为单位实行过暂托护理制度，2006年的相关法律中做出规定，使其成为了全体国民的权利。这一法律对暂托护理服务做出如下定义："为使看护者得到暂时休息，对需护理的儿童或成人进行预定的或紧急性的护理服务。"

不仅是白天，为确保看护者的休息和睡眠时间，夜间及周末也可使用暂托服务。与其他国家一样，在看护者休息期间，被看护者将接受短期护理或上门护理服务。

美国没有官方护理保险制度，服务费用由民营保险覆盖，或由看护者自身承担，有时候对看护家庭而言会造成巨大的经济负担。但是，对于低收入人群有政府补助制度予以援助。

除此之外，澳大利亚及欧盟（EU）各国也对看护者的援助做出了法律规定，并且实行现金补助、暂托服务等。

当然，制度虽然明确，落实情况又是另一番光景了。

日本也有短期护理、日间护理、夜间上门护理等服务，因而并不是缺乏广义上的暂托服务。但是，就给予看护者休息的权利这一点而言，并未对上述服务时间做出具体的频率或时间的规定，并且，在夜间或紧急情况下，几乎没有可以立即使用的护理服务。

现实情况是，政府所提供的服务并不包括信息共享及心理援助，而是将其完全交由民间援助组织或自治体自行解决。

当下最大的问题是，对看护者的权利进行保护、由行政机构对其提供援助，上述事项并未在法律上做出规定。因而，要求日本也推出看护者援助法案的呼声日渐强烈。

民间援助组织、日本看护者联盟并不仅针对老年人，残障人士、重病患者的看护者也在援助之列，以上述人群为对象的援助法案已在制定之中。

2010年，整合了全国范围内看护者的呼吁及专业人士的意见之后，《推进看护者援助法案（暂定）政策大纲（草案）》（简称《看护者援助推进法案》）得以颁布。

当时这一法案的初步制定以理念为中心，此后于2015年6月进行了大幅修订，并补充了具体方案。

首先，重视看护者及被看护者作为个体所具备的尊严，秉持社会全体对看护者进行支持的基本理念。

国家承担对看护者援助措施进行整合的责任，地方公共组织应与国家携手，积极寻求符合地方实际的援助办法。企业等也应当努力为雇员创造良好的工作环境，保证其能够兼顾工作与看护。

具体措施列举如下：① 给予看护者健康检查及咨询的援助；② 探讨看护者经济援助的实施方案；③ 为使看护者重视自身身心健康状况，发放列举身体自查项目的手册（看护者手册）。

在看护者联盟的努力下，自民党众参议员的有志之士于2014年3月成立了"看护者议员联盟"。从对看护者进行援助的角度出发，研究探讨福利的实施方案，为将来看护者援助法案的修订而努力。

在日本施行看护者援助法尚在讨论阶段，但是相信一定能有实现的一天。

看护杀人及共同自杀案件为地方自治团体敲响了警钟，有些地方开始独立施行对看护者的援助措施。

滋贺县守山市以当地发生的看护杀人案件为契机，对市内约1 600户看护着痴呆症患者的家庭进行问卷调查。在收到的795份问卷中，44％的回答者表示"难以继续家庭看护"，这一结果无不体现了目前看护者援助措施匮乏这一不争的事实。

2013年9月，在人口约8万人的守山市发生了一起杀人案件，丈夫（83岁）杀害了身患痴呆症的妻子（83岁）。

该案的案发原因之一便是看护疲劳。问卷调查结果也显示，在其他的看护家庭中也存在相似的危机。

回答者也列举了难以持续家庭看护的理由，其中包括："因看护而身体状况不佳""无法得到休息""对将来的看护感到不安"等。

七成以上的回答者表示希望接受更多的护理服务，具体而言，半数以上的回答者希望能够接受"紧急时的护理代理或机构"服务。这一数字显示，相当多的人想要寻求暂托服务。

守山市为预防悲剧重演，将问卷调查结果作为参考，展开了对看护者援助方案的探讨。

2008年，神奈川县相模原市发生一起因看护疲劳导致的共同自杀案件，此后便开始推进民生委员对高龄老人进行家访的举措。

2009年3月，岩手县花卷市发生一起儿子（62岁）对被看护的父亲（93岁）施以暴行并致其死亡的案件。花卷市此后对市内进行家庭看护的2 800户家庭进行问卷调查。

结果显示，约有四分之一的看护者存在抑郁倾向，花卷市于2010年开始，作为全国先驱，首度施行了看护专员对看护家庭的随访制度，提供上门咨询等援助措施。

当家人需要看护的时候

日本的官方看护者援助手段并非完全缺失，但是，多数情况下，"看护家人"这一责任的降临发生得都相当突然。一开始每个人都会感到困惑，并且感到强烈地不安。

真正直面看护这一问题的时候，到底应该怎样做呢？我们根据专业人士及曾经的看护者所述，以看护高龄老人为例，将看护时的必要举措及使用护理保险的流程手续进行了整理。

其中最重要的便是，切不可独自一人承担所有压力，必须寻求他人进行倾诉、商讨。

在发生脑血管疾病、遭遇事故的情况下，首先患者会接受医院提供的医疗服务，因而家属可向医务人员了解出院后的看护及生活安排，咨询相关政策和流程。

另一方面，在家人身患痴呆症的情况下，有许多家属在病发之初并未对家人异常的言行举止予以足够的重视，未能立即就医。如本书第五章所述，至2025年，65岁以上人群中将有五分之一的人身患痴呆症，数量约为700万人。这一数据显示，到时候几乎每家每户都有痴呆症患者也不足为奇。

如果发现家人的言行存在异样，应当立刻前往专科医生处就诊，这一点非常重要。痴呆症若能尽早发现并接受治疗，便能够延缓病情的进展。患者一经确诊为痴呆症，应制止其继续做出开车等危险行为。

若因家人的看护及健康状况而感到不安，应及时前往行政机构的咨询窗口，向工作人员表述自身的困扰，寻求最佳解决方案。

以《护理保险法》为基础，由各区域自治体设置的地方援助中心，便是为高龄老人提供生活援助的窗口。高龄老人或其家人可在此窗口向社工等专业人士咨询，诸如护理保险的手续、防止成为需要护理状态的预防计划制订、防止虐待等方面，均可得到详细解答和援助。

此外，社会福利协会及保健站等，也提供生活烦恼及家人身体状况等方面的咨询服务，因此，及时致电与工作人员交流商讨自身的问题是相当重要的。

同时，网络上也有各个地方的行政机构咨询窗口的介绍。援助组织及护理事务所的网站上也有关于服务流程等的介绍，人们能通过网络获取各种有用的信息。

然而，对于因看护或家人健康状况而苦恼的人群而言，通过行政机构咨询窗口等与专业人士进行直接沟通，从而获取正确的信息，并坦诚倾诉自身的不安，这一过程是相当重要且很有必要的。

当高龄的家人需要看护时，就需要使用护理保险服务。

护理保险制度于2000年4月正式实施。作为一种社会保险制度，其目的在于由全社会对日渐增长的高龄老人群体的看护提供支持。

过去，行政机构以措施制度为基础，规定了护理服务的具体内容，但护理保险制度推出后，护理保险的使用者能够与民营护理事务所等签订协议，根据各自所需接受护理服务。

参与保险的人群为40周岁以上，有义务支付保险金。能够接受护理服务的为65周岁以上老人，此人群被称为"第1号参保人"。"第2号参保人"指的是年龄为40至64周岁之间，患有脑血管疾病、晚期癌症、关节炎等16种特定疾病，从而被认定为处于需要护理状态的人群。

第1号参保人的保险金数额由其所属市、镇、村的相关机构决定，每3年进行重估。2015年度至2017年度，全国平均保险金数额为每月5 514日元。2016年度4月至9月，第2号参保人的平均保险金数额为每月5 352日元。

护理保险的财政来源是国家和各自治体的公费以及参保人所缴纳的保险金，占比各一半。

在接受护理服务的情况下，参保人所需支付的服务费用比例为一成。2015年8月后，收入超过一定程度的参保人的自付比例增加到了两成。据厚生劳动省数据显示，截至2015年8月，在所有接受护理服务的人群中，约有一成即60万人需要增加自付比例。

然而，在接受第三方检查后未被认定处于需要护理状态的人群，就无法接受护理服务。这一过程便是所谓的护理及援助需求认定。

要接受相关检查的话，参保人或家属必须首先前往所属市、区、村镇的窗口提出申请。地方自治体可提供窗口的地址和联系电话。也可以通过护理事务所等代为提出申请。

申请时需要提供参保人的住址、姓名、主治医生及医院的名字等书面信息，在提交了包含上述信息的申请书及护理保险参保证后便能完成申请。

申请人所属的市、区、村镇相关机构在接受申请后，需与申请人确认时间，派遣员工上门向本人及家属了解情况。此次家访情况将作为第一次判定结果被录入电脑。

其次，基于第一次判定结果及主治医生的意见，再由医疗、福利、保健方面的专业人士组成的市、区、村镇的护理认定审查委员会进行第二次判定，得出最终结论。原则上，自提出申请后的一个月内，申请者会收到认定结果通知书。

认定结果以申请人的身体状态及病症出发，对其需要接受何种程度的援助及护理作出判断，情况由轻到重可分为7个阶段：援助1级、援助2级、护理1级至护理5级。根据护理程度认定，申请人所使用的服务内容及看护保险的给付额度均有差异，因而这一认定结果对参保人及家属都相当重要。

若对认定结果存在异议，可向都道府县的护理保险审查委员会申请重判。在症状进展后，也可重新接受判定。

对于被认定为援助1级和2级的人群，为防止其发展成需要护理状态，地方援助中心会为其制订护理预防计划，申请者可前往援助中心接受肢体锻炼、营养指导等服务，也可接受上门服务。

对于被认定为护理1级至5级的人群，紧接着就需要为其制订护理方案，以接受真正的护理服务。为寻找能够制订方案的看护援助专员，申请者需前往地方援助中心等获取护理事务所的相关信息。

护理服务可分为：为家庭看护提供的"居家服务"及"机构服务""地方服务"这几大方面。上门护理及日间护理服务、短期护理服务都属于"居家服务"。特别养护老人

使用护理服务的主要流程

是否需要护理服务？

咨询、申请

前往市、区、村镇的窗口或地方援助中心

流程

需要护理及需要援助程度认定
认定调查
主治医生意见书
认定审查委员会

护理1级至5级		援助1级、2级

护理计划的制订		护理预防计划的制订

使用护理服务		使用护理预防服务

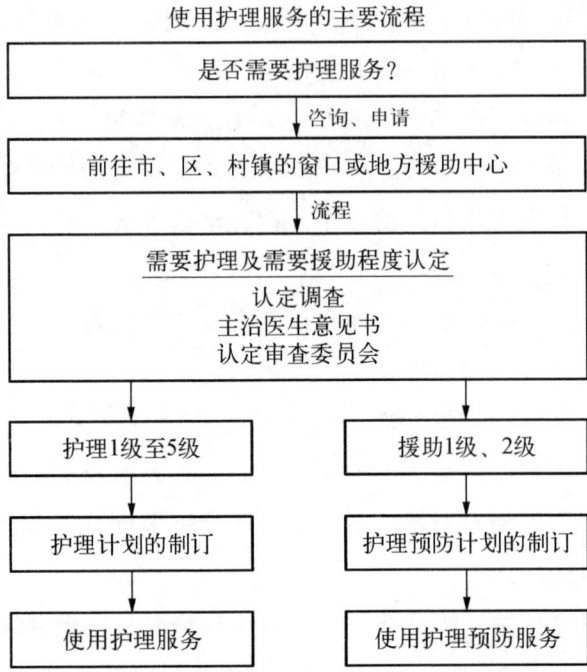

院等供长期入住的机构所提供的服务属于"机构服务"。

"地方服务"指的是，为尽可能让高龄老人在已习惯的地方继续生活，各市、镇、村政府指定从业者，仅由地方的人员提供服务。痴呆症患者可使用人数较少的集体护理院或夜间上门护理服务。

无论是何种服务，其内容及性质会因事务所及从业者的不同而发生改变。若对服务产生不安或不满，可及时与看护援助专员沟通，或前往地方援助中心、民间援助组织等进行咨询。

众多曾有过看护经历的人孜孜不倦地重复这样一件事，

需要护理程度的划分及认定者人数

划　分	身体状况（梗概）	认定者人数
援助1级	可自主进食、上厕所，打扫卫生或身边事物需要帮助。寻求援助，以防止成为需护理状态。	约90万人
援助2级	与援助1级相比，日常生活能力更低。可自主进食、上厕所，但步行、直立等需要帮助。理解力较低。	约85万人
护理1级	与援助2级相比，上厕所、洗澡等需要部分协助。站立、行走也不稳定，需要帮助。	约120万人
护理2级	几乎无法独立完成打扫及家务事。进食、上厕所也需要帮助。痴呆症患者会出现异常行动、理解力低下。	约110万人
护理3级	完全无法独立完成打扫及家务事，行走、站立都需要帮助。无法独立进食、上厕所、洗澡。	约80万人
护理4级	与护理3级相比，动作能力更差，没有看护的情况下无法生活。痴呆症患者会出现日夜颠倒、暴力言行等情况。	约75万人
护理5级	生活的所有方面都需要看护，无法自主进食、排泄。无法正确理解他人意思。痴呆症患者会出现不知道自己的名字等情况。	约60万人

轻 ↑（表格上方，由轻）
重 ↓（表格下方，至重）

※ 认定者人数截至2016年5月（厚生劳动省统计）

那便是，一旦开始看护，切勿独自承担一切，应当时常抽身休息，拥有自己的时间，这一点相当重要。

很多时候，看护这件事仿佛看不见尽头一般，可能会持续10年、20年。

看护者在半夜会被弄醒好多次，睡眠不足的情况在看护者中并不少见。有时候，看护者会因痴呆症的症状而不知所措，处理秽物时也心生嫌怨，渐渐地便产生了巨大的精神负担。年轻时可能不以为意，但上了年纪后，看护者的疲惫和压力与日俱增，如岩浆一般一触即发。

然而，尽管看护者的身心都已疲惫不堪，他们仍然选择默默忍受，继续着持续看护生活，这样一来，可能不知不觉便会陷入抑郁状态，患上心理疾病。如果看护者连自身的身心健康都无法维持，被看护的家人也会感到悲伤吧。

若看护者感到疲劳一天天加剧，应当使用短期看护等"暂托服务"，哪怕是休息个几天也好，让自己的身心能够得到适当放松。

不论怎样健康、充满活力的人都需要休息。暂时从看护生活中抽离，让身心休整片刻，调整好心态再重新面对家人——在我们一系列的取材中经常听到众多有着看护经验的人及专业人士这般说。

当然，无法找到合适的机构，无法顺利使用短期护理服务，这种情况并不少见。若无法找到暂托机构，可尝试向居住在别处的家人或是亲属寻求帮助。

并且，看护者可参加由行政机构或援助组织举办的看护者聚会等活动，将内心的不满与烦恼向他人倾诉，这样一来心理上的负担一定能减轻不少。

虽然目前我国还未出台针对看护者援助的专项法案，也缺乏对看护家庭的援助举措，但我们身边都不乏为家人倾尽全力的看护者的身影。他们的存在不容我们忽视，也足以引起所有人的重视。

对该系列的反响

在《每日新闻》的系列策划"看护家族"中，如实记录了看护杀人案件中加害者的自白，对案件进行了详细分析，并阐明了现今的看护者们内心真实的苦恼。连载开始后，我们几乎每天都会收到众多读者的反馈。下面作简要摘记。

"用被子捂住妈妈的口鼻的话，她便能得到解脱……我意识到自己竟产生了这样的想法。"

上述文字中的当事人是一位护士（48岁），她的母亲于11年前因脑溢血瘫痪在床，这11年间，她坚持在自家看护母亲。阅读了我们的栏目后，她向我们传达了自身的内心想法，来信写满了两张B5大小的纸。

本书第二章提到藤崎早苗在看护卧床不起的母亲约10年后，亲手将其杀害，这名读者在读了早苗的故事后，仿佛看到了自己的影子。她说，自己把这个故事反反复复看了好几遍。

"我无法克制自己的眼泪。她仿佛就是另一个我。我因这篇报道得到了慰藉，也可以说是被拯救了。"

这名读者利用母亲使用日间护理服务的时间外出工作，到了晚上便独自看护母亲。虽然母亲也曾使用过几次短期入住机构的护理服务，但由于母亲会在深夜大叫，机构方拒绝让其再次入住。

在半夜为母亲换尿布的时候，她曾厉声斥责母亲"安静一点！"母亲不听劝阻兀自闹腾的时候，她还动手打了母亲。

她袒露了自己的心声："最令我感到伤心难过的是，那可是我的母亲呀，为何自己不能温柔以对呢……我觉得自己太可耻了，一思及此，就不知不觉地哭起来了。"

在来信的最后，她写道："我也不敢相信自己竟会写下这样一封信，但是正因为如实叙述了自己的经历和心声，我感到内心恢复平静了。"

来自广岛市的一位女性（64岁）身患类风湿性关节炎，正接受着丈夫的看护，她也在来信中叙述了自己深切的苦恼。

本书第三章介绍了泥瓦匠田村浩杀害身患类风湿性关节炎的妻子的故事。田村浩最后也亲手结束了自己的生命，不禁令人扼腕。

"浩努力地看护着妻子，仔细周到地为妻子考虑一切。然而我认为，越是追求完美越容易将自己逼入绝境，导致悲剧的发生。"

这名读者的丈夫于2年前罹患癌症，身体状况再不如前。她自身因疾病也常感疼痛，有时候会情绪不好。"我尽可能不喊疼，尽力忍着，但是随着年纪增长，每天都过得很痛苦。"她表达了对自身状况的不安，以及对患病的丈夫的担忧。

一位女性读者（53岁）从4年半前开始看护身患痴呆

症的母亲。她在邮件中叙述了自身经历。约30年前，她曾看护过身患痴呆症的祖母，也曾产生过"想要杀人"的冲动。她坦言："相较而言，我的看护生活还算是轻松的，但即便如此我还会产生'也许会杀人'这样恐怖的想法。"

对于看护杀人案件中加害者的自白，她这般描述道："我并没有觉得事不关己，虽然读起来感到很可怕，但还是读完了他们的故事。因为看护，他们亲手结束了自己珍视的人的性命，令人哀怜。"这名读者提议，应将看护者的经历及经验之谈保留下来，为其他的看护者提供借鉴。

最后，我们对其他读者的来信作简要摘述。

〈一位来自大阪市的50多岁女性，正在看护着患有脑梗塞和痴呆症的母亲〉

我现在独自一人看护着母亲，我曾多次有过"去死吧""把母亲杀了，我也一起死了吧"这样的想法。阅读了贵刊的连载后，我产生了强烈的共鸣。也许我的情况还不算太糟，但是真的没有任何人能够理解我啊。

〈曾供职于护理服务事务所的50多岁女性〉

昼夜颠倒对于看护者而言是相当痛苦的事。如果能够有夜间暂托服务的话，看护者能轻松不少，但是护理这一行的严峻现实便是夜间工作人员的匮乏。我也曾上过夜班，20多岁的时候每个月最多能上6次，但是过了40岁后，体力不足以维持高频率的夜班，便调整了自己的排班。我认为全社会都需要正视看护问题，它有可能降临到任何人身上，不及时采取对策的话悲剧仍会重演。希望行政方面能够为护理行业提供更多财政支持。

〈来自爱媛县今治市的70多岁女性〉

我不认为看护这事与自己毫无关系，于是我提笔写了这封信。我在2015年7月末送走了我的丈夫。过去，丈夫腿脚还算硬朗，常常会四处走动，夜间也不安分，我也因此无法工作。丈夫被认定为"护理5级"。读了"看护家族"栏目后，我看到了前路未知、走投无路的家庭看护的现实，这一切深深地打动了我的心。我也已经疲惫不堪。腰腿疼痛，手部麻木。今后我会更重视自己的身体健康，以感恩的心态微笑着过好每一天（已经好多年没有发自内心地笑了）。

〈来自大阪府枚方市的70多岁男性〉

2015年10月，我已在家看护母亲7年了。每天的看护生活都繁忙不已，早中晚要通过胃造瘘为母亲注入营养液、一天换5次尿布、为防止褥疮经常为母亲翻身等事项周而往复。每晚我都会对母亲讲话，母亲虽不曾回应，但我说了许久的话后便止不住地流泪。对我而言最难过的事便是看着母亲逐渐消瘦衰弱的样子。原来，其他看护者也会因看护产生相同的疲劳和烦恼，知道这一事实后，有亲人需要看护的家庭也能够产生一些安心感吧，也许能因此减少看护相关案件的发生。我真心期盼着一个能够安心接受看护的时代尽快到来。

〈来自大阪市的男性，其子身患重度脑瘫〉

看护者们其实也很想自由地外出游玩，脱离日常生活出去喝喝酒之类的。想要悠闲地享受人生。

我与母亲、妻子、女儿、儿子共同生活。儿子21岁了。他小的时候，全家能一起外出，例如去家庭旅行。洗澡也是我帮他洗。

现在，我已经55岁了，妻子52岁。母亲马上就要80岁了。儿子身高已经超过了170厘米，我再没法帮他洗澡了。儿子的身体在慢慢地成长。在照顾儿子方面，护工给予了很多帮助，我深感庆幸。

因为我平时还要工作，几乎没法照顾儿子。今后我的工作可能会更加繁忙。

平日里妻子承担了看护儿子的全部事务。是的，在这方面我全然依赖着妻子的辛勤付出。我对她深感歉疚，也很心疼妻子。万一妻子精神崩溃的话该怎么办，一想到这里我就感到恐惧。目前还尚且能够维持现状，但10年后又会怎样呢？我并不乐观。

〈一名来自京都府的女性，从约13年前开始看护身患痴呆症的婆婆〉

86岁的婆婆已经认不出自己的家了，每天在家里都念叨着"我想回家，我想回家"，说着边作势要往外走。早晨和晚饭后都会这样，有时候劝说无用，我只能带着她开车出去逛一圈，长此以往我也疲惫不堪。有时候我会控制不住地打她，虽然下手不重，这样的事发生过3次。"怎么会

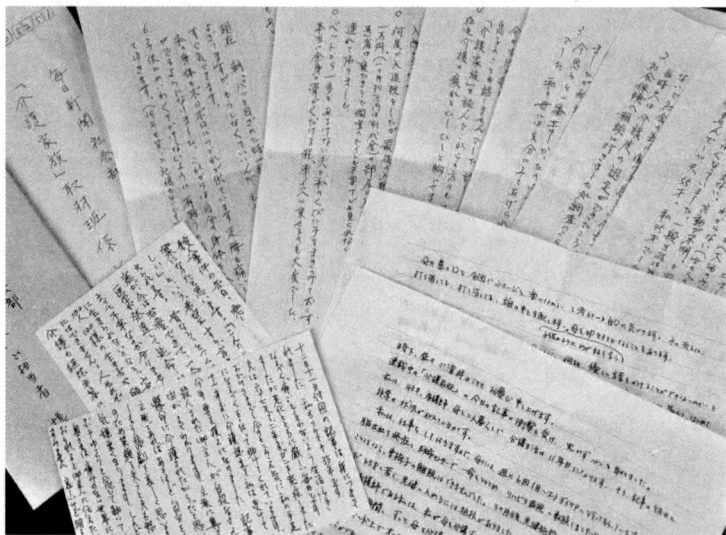

《每日新闻》的系列策划"看护家族"采访组收到的读者来信。多数来自目前从事或曾经从事看护的人群，写的都是他们的切身体会。

这样……"我自己都感到惊恐。

在疲劳的状态下驾车时常令我愈发困倦，没发生事故已是奇迹。后来我想着"我已经到极限了，无法继续看护了"，并下定决心将婆婆送入机构接受看护。然而现在我每天都会想"把婆婆送入机构真的好吗？"各种想法萦绕在我的脑海中，内心煎熬不已。

在我开始看护后，我总是希望能有地方让我毫无负担地倾诉自己的烦恼、困惑，咨询生活中遇到的问题，并且，我也希望能够使用短期护理服务。就算是几天也好，把婆婆暂托于机构，让我得到片刻休息。

每天，看护着痴呆症患者的我，都感到自己的身心压力无处释放，与日俱增。我希望对此能有相关举措，让看护者一天能获得一两个小时的休息时间，或是依靠短期看护享受几天的自由时光。

结　语

　　相当长的一段时间以来，我们报道了不少案件，但惭愧的是，我们并未对看护杀人这一现象本身进行详细的采访，仅仅是对一系列的案件有朦胧的印象而已。

　　看护杀人案件中，常见加害者强迫共同自杀的情况。在家庭范围内发生的案件，并不会对社会造成重大影响。也许是因为忙碌，我们便找了这样的借口，取材只限于描绘事件的表面。

　　一般来说，在加入记者俱乐部后，记者们每天都会忙于"独家新闻"的竞争，处理当局发布的内容。

　　当然，能尽快将未公布于众的事实真相传达给读者和观众，独家新闻的意义正在于此。对记者而言，独家新闻的发掘与报道是工作中重要的一部分，直接关系着人脉的构建及采访能力的历练。

　　然而，在以记者俱乐部为据点，努力进行采访之时，我们几乎没有闲暇去关注日常新闻背后所隐藏的问题。

　　采访方的现状便是如此，可能也会对报道产生影响。

在看护杀人案件发生后，包括《每日新闻》在内的有影响力的媒体只是对发生了案件这个事实一笔带过，并没有深挖。

在2015年12月至2016年6月间《每日新闻》（大阪总部发行版）刊登的系列策划"看护家族"内容之上，我们做出大幅删改修订，并添加了新的内容，终成本书。

与不属于记者俱乐部的涉江千春、向畑泰司两位记者一道，我们的采访组于2015年春天成立，并在此后将取材结果整理成报告。我们的取材时间仅为一年左右，面对看护杀人案件的深层问题及家庭看护的严峻现实，采访组在紧迫的时间中细细摸索。

在报纸上连载的几篇报道，包括：以看护杀人案件中的加害者为主人公的《杀人案件的"自白"》、对看护援助专员们的证词进行整理报道的《杀人案件的"前兆"》、讲述当下看护家庭故事的《苦恼与纽带》等。在此基础上，本书还增加了新闻报道中未能详述的若干事实以及最近的取材内容。

即便是非连载报道的单篇新闻也能揭示新的事实真相。在我们对首都圈与近畿圈内发生的看护杀人案件的审判记录及资料进行整理分析时发现，半数加害者曾处于睡眠不足状态。我们也了解到，在全国知名的京都伏见杀害痴呆症母亲案件中，得到缓刑判决的加害者最后却自杀身亡。

在以看护援助专员及看护者为对象的专项问卷调查中，众多相关人士于百忙中抽空参与调查，向我们传达了各自真实的想法和意见。这也成为了我们展开这项策划的重要参考依据。

我们将这类单篇报道也收录于本书中，并对内容进行了扩充，包括新闻报道中未能提到的采访经过及作为记者的我们的所思所想。

"看护家族"这一策划主要登载于大阪总部发行的纸质新闻媒介上。但是，此后《每日新闻》新闻网等其他媒介也进行了相关报道，让更多的读者和观众关注到这一内容，我们也因此收到了来自全国各地的读者反馈，数量惊人。

也许存在自夸成分，但我们发现，在"看护家族"进行连载之后，在电视及杂志中关于看护杀人案件的报道及专刊也渐渐增多了。在新的看护杀人案件发生后，媒体也会对其进行大幅报道，这在此前是未曾有过的。

我们的策划报道主要着眼于家庭看护中发生的悲剧，以及对看护者提供援助的重要性。若报道能够得到社会各界广泛关注的话，相信很多问题也能得到重视和探讨，这也是我们所期望的。

在此还想提一件私事，那便是在我们采访组中，没有人有过看护经验。我今年48岁了，父母也已是高龄老人，但目前父母还是独自生活，我自己未曾直面过看护难题。涉江与向畑才30多岁，就更没有相关经验了。在我们对这一主题进行采访报道之前，甚至都从未细想过看护家人到底是什么感觉。

在本书中所提到的看护杀人案件的加害者们也是如此，在开始看护之前，自身都从未考虑过何谓看护生活。每个人在此之前都是本分的普通人，也无犯罪记录。即使面临艰辛和悲伤，他们也咬紧牙关坚持着，一边细细体味着与家人共同生活的幸福，一边认认真真、脚踏实地地生活着。

然而，这样本分努力的人，却在本该被珍视的看护生活中逐渐迷失自我，最终竟亲手夺去挚爱的亲人的性命。

在采访的过程中，我们也曾探讨过这一问题。

"加害者的自白是否能理解为'辩解'呢？"

当然，不论发生什么事，夺去他人性命的行为绝对是不正确的。被害者被自己所信赖的亲人杀害，没有比这更残酷的死亡了。也有部分被害者的家属对加害者的行为感到愤怒。我们始终告诉自己，不能忘记被害者生前最后所经历的痛苦、遗憾与无助。

然而，在实际的自白中，加害者却没有对自己的行为进行辩解，更多的是充满着悔恨与自责。加害者曾经饱受睡眠不足之苦，在寻找护理机构的过程中遇到重重困难，他们无疑与众多看护者一样，承受着各种各样的苦恼。

"在加害者所叙述的事实中，包含了许多预防看护悲剧的重要提示。不论是否有看护的相关经历，看护者都应多多倾诉自己的苦恼。"这是我们根据采访结果所得出的结论。

在本书第四章所讲述的姬路市杀害痴呆症妻子案件中，我们记录了曾支持帮助过这家人的看护援助专员及医生的证词，他们各自回顾了当时的案发征兆及应对举措。虽然他们都是认真工作、素质优秀的专业人士，但是在记者面前，他们都坦诚地反省了自己当时应对措施的不足，表达了悔恨之情。他们与加害者的心情是相似的，都深切地希望自己能够防止悲剧的发生。

在其他看护杀人案件中，看护援助专员们也因"自己的无能为力，没能阻止悲剧的发生"而感到痛苦，并且，他们也坚信，这些教训一定能在援助其他家庭的时候发挥作用，预防悲剧重演。

重读看护者及曾经的经历者的证词，我们的内心仍会为之深深震撼。在艰辛无望的看护生活中，他们细细地品味着陪伴家人的幸福。他们在言语中描述的与家人的纽带，无不深刻、真实、温暖人心。

因此次采访，我们遇到了许多人，从他们身上学到了各种东西。有些人牺牲了自己的人生和生活，努力地看护着挚爱的家人，这正是人性的伟大。无论是谁，在开始看护生活后，都会时常感到力不从心，也会陷入矛盾、痛苦。面对这般现实的问题，仅仅说些大话、空话，并不能预防看护悲剧的发生，也不能减轻看护者的苦恼。

当下最紧要的是，需强化国家及自治体对看护者提供的援助举措。为避免因看护疲劳而导致的故意杀人及共同自杀案件的发生，相关部门需要协力探讨，出台具体对策。

不要让被害者令人遗憾的死亡成为无谓的悲剧。

在这一系列的策划报道过程中，并非一帆风顺，但在《每日新闻》出版社的领导及同事的支持下，我们最终得以完成报道，并集结出书。同时，由于本书包含许多当事人的隐私，我们想向所有鼓起勇气坦诚接受我们采访的当事人及相关人士致以衷心的谢意。来自精神科医生、专科医生、从事社会福利及看护一线工作的人士、犯罪心理学家等专业人士的意见和建议，为我们的取材工作指明了方向。最后，新潮社的冈仓千奈美女士作为有看护经验的过来人，对我们的采访报告进行了整理，并担任了本书的编辑。再一次向所有参与者致以衷心的感谢。

2016 年 10 月 31 日

前田

本书以《每日新闻》（主要为大阪总部发行版）所刊登的系列策划"看护家族"（2015年12月7日至2016年6月4日）的内容为基础，进行大幅删改和编辑。文中人物尊称省略。年龄及职业均为取材当时或案发当时所获信息。书中照片经过部分处理。

KAIGO SATSUJIN-OITSUMERARETA KAZOKU NO KOKUHAKU

By mainichi shinbun osaka shakaibu shuzaihan

© 2016 THE MAINICHI NEWSPAPERS

Original Japanese edition published by SHINCHOSHA Publishing Co., Ltd.

Chinese (in Simplified character only) translation rights arranged with SHINCHOSHA

Publishing Co., Ltd. through Bardon-Chinese Media Agency, Taipei.

图字：09-2019-187号

图书在版编目（CIP）数据

看护杀人/日本每日新闻大阪社会部采访组著；石
雯雯译. —上海：上海译文出版社,2020.7
（译文纪实）
ISBN 978-7-5327-8494-3

Ⅰ.①看… Ⅱ.①日… ②石… Ⅲ.①纪实文学—日
本—现代 Ⅳ.①I313.55

中国版本图书馆CIP数据核字（2020）第105395号

看护杀人

[日] 每日新闻大阪社会部采访组 / 著 石雯雯 / 译
责任编辑 / 常剑心 装帧设计 / 邵旻工作室

上海译文出版社有限公司出版、发行
网址：www.yiwen.com.cn
200001 上海福建中路193号
启东市人民印刷有限公司印刷

开本890×1240 1/32 印张7.75 插页2 字数109,000
2020年8月第1版 2020年8月第1次印刷
印数：00,001-12,000册

ISBN 978-7-5327-8494-3/I·5225
定价：42.00元